FOLIO JUNIOR

Évelyne Brisou-Pellen

LE CHEVAL INDOMPTABLE

Illustrations
de Nicolas Wintz

FOLIO JUNIOR/**GALLIMARD** JEUNESSE

Tous mes remerciements pour leur aide efficace
aux grands connaisseurs de Provins :
Stéphanie Danis et Sandrine Verrecchia,
de l'office de tourisme
Nicolas Dessery, de La Demeure des Vieux Bains
Marie-Thérèse Legendre, de la bibliothèque.

1
Une foire qui foire

– Ho ! beau damoiseau !

Euh… C'était lui qu'on interpellait de cette façon ? Garin ouvrit de grands yeux. La place était noire de monde, et une jeune fille lui faisait signe. Mince et jolie, longs cheveux bruns et bouclés sous un turban bariolé. Garin se retourna pour voir à qui d'autre elle pouvait s'adresser.

– Approche, beau jouvenceau, insista-t-elle.

Hum hum… *Garde-toi des loups qui te trouvent appétissant, des bandits qui te trouvent élégant et des filles qui te trouvent irrésistible*, vieux proverbe gaulois traduit du latin par saint Garin.

Le scribe passa pourtant sa main dans ses cheveux (sans grand résultat, car la paille jaune qui lui tenait lieu de crinière refusa de se soumettre) et s'approcha.

Bien sûr qu'il n'aurait pas dû ! Seulement la curiosité faisait partie de sa nature. Il était né comme ça, affublé d'une curiosité maladive et d'un nom à coucher dehors. Troussebœuf… Franchement !

Par chance, le prénom rattrapait un peu : Garin. Ça ne cassait pas trois pattes à un canard, mais il y était habitué. Il aurait pu s'appeler Gibet ou Gace. Ah… Gace !

– Je suis Héloïse, se présenta la jeune fille, et je vais te révéler ton avenir.

Garin rit :

– Vous savez qu'il est indiscret de mettre son nez dans l'avenir des autres !

Elle sentait si délicieusement le jasmin que, lorsqu'elle lui attrapa la main pour l'entraîner vers sa carriole, il se laissa faire. Là, elle entrebâilla la toile marron qui couvrait les arceaux et asséna :

– Mère-grand va te dire ce qui t'attend.

C'était bien un attrape-niguedouille ! Une vieille femme était assise dans l'ombre de la carriole.

– Merci bien, protesta Garin. Les mauvaises nouvelles, on les sait toujours assez tôt. Quant aux bonnes, autant s'en réserver la surprise.

– Tu as tort, chuinta la vieille de sa bouche édentée. Au moins, tu pourrais te préparer à affronter l'épreuve que je vois fondre sur toi.

– Quelle épreuve ?

– Un gros problème avec un cheval. (Elle tendit la main.) Tu me dois deux deniers.

– Tiens donc !

– Serais-tu malhonnête ? Tu m'as demandé de te dire ton avenir.

– J'ai demandé, moi ?

Héloïse intervint :

– Parfaitement. Tu as posé la question : « Quelle épreuve ? »

Crédiou ! Maudite curiosité ! La jeune fille rit, et Garin secoua la tête. Bon, il s'était laissé avoir, pas la peine d'en faire un fromage. Il tendit deux pièces à la vieille.

Il aurait quand même bien voulu savoir si cette histoire de cheval était sérieuse, seulement il n'avait pas envie d'engloutir d'un coup toute sa fortune. Et comme celle-ci se montait à deux deniers, il fallait choisir : laisser sortir une question de sa bouche ou y faire entrer un morceau de pain.

Et puis, un problème avec un cheval, il ne voyait pas comment, vu qu'il n'avait jamais eu les moyens d'en acheter un.

La vieille enfouit les pièces dans ses grandes jupes et ajouta :

– Dieu soit avec toi…

Son intonation lui demandant de se présenter, le scribe annonça en singeant une révérence :

– Garin Troussedenier.

Mère-grand hocha la tête avant de conclure :

– Rappelle-toi, Garin, garde-toi des chevaux.

Et elle rit de toute son absence de dents.

Voilà ! Elle lui avait gâché sa journée. Enfin, sa soirée. Et il venait à peine d'arriver à la foire de Bar-sur-Aube. Mauvais présage !

Heureusement qu'il n'y croyait pas.

Il regarda autour de lui. Pas l'ombre d'un cheval. Juste des badauds et des dizaines d'étals de marchands dressés aussi bien sur la place qu'à l'abri de la galerie couverte qui ceinturait l'église Saint-Pierre. Passant près de lui, un moine l'avertit :

– Ne fréquente pas cette engeance (il désigna Héloïse d'un mouvement de menton). Un bon chrétien ne croit pas à ces sornettes.

Il rabattit sur sa tête la capuche de sa robe couleur de mouton comme pour se protéger du regard de la devineresse, et s'approcha des gros sacs de laine entassés sous la galerie.

– Areuh ! Areuh ! Areuh !

Garin fit un bond. Une voix lui hurlait dans les oreilles.

– Qu'est-ce qui se passe ?

– C'est la fin de la foire, répondit le moine.

– Eh ! comment ça « la fin » ?

– On vient de crier « Areuh », tu l'as entendu comme moi. Ça signifie que la foire est terminée, close, bouclée.

– Crédiou, moi qui venais pour ça !

Le moine se redressa, choqué.

– Tu blasphèmes le nom de Dieu ?

Blasphème, blasphème… Il ne fallait pas exagérer.

Il ne disait pas « sacré » mais « cré », et pas « Dieu », mais « diou ». D'ailleurs, Dieu ne s'était jamais plaint.

– Je voulais dire euh… Vertuchou, j'ai déjà raté la foire de Lagny et vous m'annoncez que c'est fichu pour celle de Bar !

– Il fallait être là à la mi-avril.

– Oui… Dommage que la mi-avril tombe rarement en mai.

Le moine le regarda d'un air interloqué, puis déclara :

– Tu auras celle de Provins. Les foires se succèdent sans interruption, je ne le sais que trop. Il va falloir reprendre la route. Moi qui aime tant être parmi mes moutons, dans ma douce abbaye de Clairvaux.

Oui ? Eh bien, lui, il n'aurait pas aimé ça du tout. Dans une abbaye, il se serait ennuyé comme une puce déprimée sur un rat mort. Le moine reprit :

– Les brebis ont besoin de moi pour veiller sur elles quand on vient de les tondre, et c'est juste le moment où l'on m'envoie vendre leur toison !

Garin sauta sur l'occasion :

– Je suis scribe, je peux tenir le registre de vos ventes.

– Oh là ! Je ne dilapide pas l'argent de mon abbaye, je fais mes écritures moi-même. Va à Provins, tu y trouveras du travail. Ça ne manque pas pendant les foires.

– Provins ? Je vous laisse expliquer à mon estomac à combien de jours de marche ça se trouve.

Cré… tuchou, la vieille s'était trompée, ce qui le menaçait n'était pas un cheval, mais la disette !

Il fut distrait par un air de vièle[1], puis une voix d'homme qui chantait :

1. Genre de violon. À cette époque, un jongleur était un artiste ambulant qui chantait, déclamait, dansait…

– Marchands s'en vont de par le monde
Diverses choses acheter.

Il reconnut les paroles du *Dit des marchands*.

– Les uns en Angleterre s'en vont,
Chercher laines, cuirs et bacon.

Le chanteur était un jeune homme au visage avenant, vêtu d'un habit multicolore.

– D'autres vont en Espagne,
D'autres encore en Bretagne,
Bœufs, porcs se procurer.

En passant près de Garin, il ponctua ses mots de quelques vibrants coups d'archet. Puis il lui adressa une sorte de salut amusé et se dirigea vers la taverne.

Garin l'y aurait bien suivi, malheureusement il n'avait pas un denier à noyer. Et s'il voulait mâcher autre chose que du vent dans les jours à venir, il devait même trouver du travail en vitesse.

À cet instant, il entendit un hennissement. Un cheval ! Noir, magnifique.

Un homme entre deux âges, le pied dans l'étrier, essayait de l'enfourcher. Sans succès, car l'animal ne partageait pas ses intentions et s'esquivait sans cesse dans une sorte de danse narquoise.

L'homme finit par le coincer contre un arbre et se hissa sur l'étrier. Mal lui en prit. Le cheval protesta avec fureur et lança des ruades si bien senties que l'autre se retrouva les quatre fers en l'air.

Il y eut des rires peu charitables dans la foule des badauds. L'homme finit par renoncer et attacha l'indomptable à l'arbre. Puis, ravalant sa mauvaise humeur, il bougonna sur le ton de la plaisanterie :

– Je ne l'ai pas payé cher, mais je n'en ai même pas pour mon argent.

Les spectateurs s'esclaffèrent.

L'homme, vêtu d'un long surcot à l'ancienne, était rondouillard et pas très grand. Son regard fit le tour de la foule et s'éclaira soudain en s'arrêtant sur Garin.

– Toi !

Il le désignait du doigt ! Décidément, c'était son jour.

– Tu es scribe ?

Euh… Avec une écritoire accrochée à l'épaule, difficile de prétendre le contraire. Pourtant, après le « Garde-toi des chevaux »…

Ne prête pas attention aux prédictions si tu veux vivre en paix, vieux proverbe hippique traduit du hittite par saint Garin. Mais inutile de tenter le diable.

L'homme au cheval reprit :

– Tu viens de trouver du travail. Auprès de moi-même, Gilbert de la Pisserote, chef de la confrérie des drapiers[1] de Châlons.

Eh bien, il y avait des noms guère plus portables que Troussebœuf !

– Garin Troussedrap, se présenta le scribe. Malheureusement, je suis déjà pris. Par… une abbaye… qui veut que je mesure chaque jour la laine qui repousse sur le dos des moutons.

Calmons-nous, saint Garin. Un tout petit mensonge pour épargner ma vie, ce n'est pas exagéré. Et il me coûte cher, je n'aurai peut-être rien à manger demain. Voyez, je suis puni d'avance, alors inutile de vous fatiguer.

– Dommage, soupira le drapier. Je t'aurais même prêté mon cheval pour le voyage.

– C'est gentil, répondit le scribe avec un geste de la main confirmant son refus.

1. Marchands de « drap », c'est-à-dire de tissu de laine.

– Et je t'aurais bien rémunéré.

– D'autant plus dommage…

Il devait filer en vitesse avant que son estomac ne fasse la loi.

D'ailleurs il n'avait pas un besoin pressant d'argent : il avait de quoi manger ce soir. Il allait de ce pas se mettre en quête d'une boulangerie. Et puis on était en mai, la pluie ne menaçait pas et la nuit serait douce. Il pouvait se passer de toit. L'auberge de la belle étoile proposait justement un tarif des plus modiques.

Non, il n'avait pas un besoin si urgent de travailler. Et il avait évité le cheval.

Du moins, il le croyait.

2
Béni soit le conduit

Garin entendit marmonner près de lui :

– Saint Sauve, sauvez-nous.

Et il chuta sur le flanc. On venait de lui retirer traîtreusement son appui. Il faut dire qu'il dormait contre un des sacs du moine, sous la galerie.

– Vous êtes un doux, vous, observa-t-il en se massant l'épaule.

– Le jour se lève, lâcha le moine en guise d'explication, sans cesser d'entasser ses sacs sur la plate-forme de son chariot.

Chevaux et charrettes avaient envahi la place et, partout, on chargeait. Garin aperçut même une silhouette qui se chargeait toute seule dans un chariot bâché mais, sur le moment, il n'y prêta pas attention. Le moine monta sur la plate-forme.

– Peux-tu me passer les sacs ? demanda-t-il. Je ne voudrais pas être en retard et rater l'escorte.

– Vous avez une escorte ? s'intéressa Garin en lui tendant un sac.

– Ce n'est pas la mienne (le moine hissa le sac pardessus les autres), c'est celle que nous fournit le roi pour nous mener de foire en foire.

– Le roi ?

– Le pays manquerait de tout si les marchandises ne circulaient pas, alors il tient à la sécurité des marchands.

Garin en fut sidéré. Voyager sans crainte des loups et des brigands… Le rêve !

– Je viens avec vous, décréta-t-il.

– Voilà qui m'étonnerait. Pour ça, il faudrait être en possession d'un conduit des foires.

– Un conduit ? Et où se le procure-t-on ?

Le moine le regarda avec incrédulité, puis secoua la tête.

– Il est délivré par l'administration royale, cependant seuls les marchands autorisés y ont droit. Tu penses, non seulement il permet d'éviter les péages mais, si on est détroussés, le seigneur possesseur des terres est obligé de nous rembourser nos pertes.

C'était trop beau, ça ! Crédiou, s'il savait à quoi ressemblait ce conduit des foires, il l'imit…

Bon, d'accord saint Garin, ça s'appellerait un faux. Or j'ai prêté le serment des scribes.

Sans compter que, faussaire, c'était un coup à finir au bout d'une corde, voire pire.

Le moine attacha son dernier sac tout en haut, redescendit et soupira en faisant son signe de croix :

– Saint Gui, guidez-nous.

– Attendez, proposa Garin, vous pourriez dire que je travaille pour vous.

– Mentir ? s'effraya le moine. Voudrais-tu que Dieu me ferme à tout jamais la porte du paradis ?

Oui, je vois, saint Garin. Il y en a qui refusent le moindre petit arrangement avec la vérité, mais ça ne rend pas service, je vous jure !

Il fut interrompu par un son de trompe.

– Saint Convoyon, convoyez-nous à bon port, pria le moine.

– Et saint Leu, gardez-les bien à la queue leu leu, grimaça Garin. Si vous n'aidez pas votre prochain, vous croyez que Dieu vous l'ouvrira, son paradis ?

– Dieu voit surtout vos mauvaises pensées, mon fils.

Saint Crispin, décrispez-moi. Tant pis, il serait piéton clandestin.

Garin se harnacha de son sac et de son écritoire et se mêla à la foule qui convergeait vers les portes de la ville.

Mules chargées comme des baudets, baudets chargés comme des mules, chariots, charrettes, carrioles et lui, progressant avec précaution entre un ballot de toile grise qui lui envoyait en plein nez des odeurs d'anis vert et un autre qui puait le saindoux.

Il avait bien fait de mettre ses chausses grises : en courbant l'échine et en suivant l'allure des ânes, il devenait invisible.

Il s'écrasa un peu plus en passant sous le regard du château des Comtes. Bien qu'il n'y ait plus de comtes depuis que la Champagne appartenait au roi de France, ces murs abritaient l'administration dispensatrice de ces bienheureux conduits et risquaient de déceler ceux qui n'en avaient pas.

Saint Raoul, faites que ça roule.

Restait à franchir la porte de la ville où l'escorte les attendait. Garin se colla un peu plus à un âne.

Il y eut soudain des cris et de la pagaille à l'arrière. Encore le cheval du drapier qui faisait des siennes ! Les gardes de l'escorte se précipitèrent pour l'empêcher d'éventrer la marchandise à coups de sabots.

Eh ! Miraculeux ! Cela permit au scribe de franchir la porte et de poser le pied sur le pont Neuf. La vieille s'était trompée, les chevaux ne lui causaient aucun ennui, bien au contraire ! Il se redressa.

– Toi ! Ton conduit !

Ahi ! Garin regarda derrière, comme si le casque de métal s'adressait à quelqu'un d'autre. Malheureusement, cette fois encore, c'était bien lui qui était visé.

– Un conduit ? Je ne suis qu'un modeste scribe. (Il frappa du plat de la main son écritoire.)

– Ça ne t'en dispense pas. Le roi ne me paye pas pour protéger les traîne-semelles.

Garin leva un pied pour regarder sous son soulier.

– Je ne les traîne jamais, j'en ai trop besoin pour les user aussi bêtement. Quant au conduit, c'est mon maître qui le possède.

– Et qui est ton maître ?

Garin se retourna et montra au hasard une lourde charrette.

Ahi ! Saint Herboth, bottez-moi les fesses, j'ai désigné l'équipage de Gilbert de la Pisserote !

On entendit un galop, et le scribe eut à peine le temps de s'aplatir contre le parapet. Le cheval noir, fonçant droit devant, lui rasa les orteils.

Puis ce fut au tour de son propriétaire de les lui raser – bien que nettement moins vite. Les cris de protestation fusèrent :

– Tenez ce cheval, messire Gilbert, il va finir par causer un accident !

– Il s'est arrêté, il s'est arrêté.

– Derrière le chariot de chardons ! s'exclama une voix en riant. Il avait simplement faim. Si vous ne le nourrissez pas, cet animal…

– Pour qui me prenez-vous ? protesta le drapier, froissé. Je lui ai donné un bon picotin ce matin.

Le conducteur du chariot tourna la tête pour remarquer :

– Et puis, du chardon sec, juste bon à gratter la laine… Il a de drôles de goûts, votre cheval.

– Dieu de bonté, soupira messire Gilbert, quelle sottise de l'avoir acheté !

– Il est très doux, plaisanta un marchand, à condition d'avoir des chardons à renifler.

– Saint Odon, donnez-lui du chardon, conclut Garin.

Et tout le monde rit.

Tiens, mais… Garin le reconnaissait, ce chariot. C'était celui dans lequel il avait vu se glisser une silhouette. Le voyageur clandestin s'y trouvait-il toujours ?

Remarquant enfin sa présence, le drapier l'apostropha :

– Tu es là, toi ? Tu n'es pas parti pour l'abbaye ?

– J'ai appris que la laine des moutons pousse très lentement, j'ai eu peur de m'ennuyer. (Garin aperçut le casque de métal qui s'approchait.) Je préfère travailler pour vous.

– Ce scribe est à vous, messire Gilbert ? s'informa le garde.

Saint Colas, tirez-moi de là.

– Oui-da, confirma le drapier. Et il m'a l'air tout aussi imprévisible que ce cheval.

Garin poussa un soupir de soulagement. Voilà comment on devenait scribe de drapier !

Pour quel genre de travail ? Mystère. Un marchand ne tenait pas de registre pendant le temps du voyage !

Bah, il verrait bien. Il jeta un coup d'œil méfiant au cheval noir qui, maintenant, broutait l'herbe du bas-côté. Il était très beau, l'animal. Poil noir et brillant, tête droite et fière, jambes élégantes. Dommage qu'il ait un aussi sale caractère.

En tout cas, si l'odeur du chardon l'apaisait, on n'allait pas le contrarier. Messire Gilbert l'attacha à l'arrière du véhicule et ramena son propre chariot de drap juste derrière. Ses muletiers suivirent avec les sommiers[1], et la longue colonne s'ébranla de nouveau.

Garin examina le chariot de chardons. Aucun mouvement anormal de la toile, aucun bruit venant de l'intérieur.

1. Chevaux transportant des charges.

Pourtant, le chardon n'était pas spécialement confortable. N'y avait-il plus personne là-dedans ?

À l'heure de midi, on fit étape au bord de la rivière en rangeant les chariots l'un contre l'autre, dos à l'eau. Gilbert attacha le cheval noir à un arbre, puis rejoignit la communauté des marchands pour le repas. Garin aussi. Il fut gratifié d'un gros morceau de pain fourré au rôti (l'avantage d'avoir un maître) qu'il décida de déguster à l'ombre d'un chariot.

Du chariot de chardons, pourquoi pas ?

– Vous pouvez sortir, chuchota-t-il, personne ne vous voit.

3

Le voyageur clandestin

Les toiles qui fermaient le chariot tremblotèrent, et un œil apparut dans l'interstice.

– Moi, c'est Garin, se présenta le scribe.

L'œil le détaillait toujours. Enfin une voix souffla :

– Tu es un garçon.

– Excellent esprit d'observation.

– J'entends par là que tu n'es pas un adulte. Quel âge as-tu ?

Drôle de question, il n'en avait pas la moindre idée. Il proposa au hasard :

– Quinze.

– Ah ? Moi j'aurais plutôt dit treize.

– Alors ça, pas question ! Le jour où j'ai décidé que j'avais treize ans, il m'est arrivé des tas de misères[1].

– C'est comme tu veux, reprit la voix. Donne-moi du pain.

Sidéré, Garin fixa l'ouverture.

– Tiens donc ! Des ordres, maintenant ! Je ne donne rien aux fantômes.

1. Voir *L'Anneau du Prince Noir.*

Il y eut un instant d'hésitation, puis une main écarta la toile…

Le voyageur clandestin était une voyageuse ! Onze ans au plus. Et pas une miséreuse : manteau de bon drap à manches élégamment serrées au poignet, cotte[1] de soie brochée bien ajustée sur une longue robe bleue. Si on ne s'arrêtait pas à l'expression butée de son visage, elle était plutôt jolie, avec de grands cheveux bruns maintenus par un bandeau torsadé qui barrait son front. Elle se coula dehors.

On entendit un hennissement, et le cheval noir se mit à danser sur place. Effrayée, la fille faillit redisparaître dans le chariot.

– Il est attaché, la rassura Garin.

– Il a l'air… très dangereux, souffla-t-elle, livide.

Puis surveillant toujours la bête avec méfiance, elle tendit la main vers le morceau de pain.

– Donne.

Le scribe leva hors de portée son repas gagné à la sueur de son imagination.

– Un soupçon de politesse ne nuirait pas…

– J'ai faim !

Sainte Foy, ménagez mon sang-froid.

Garin sortit son couteau et partagea son repas en deux. Tudiou, lui aussi avait faim ! Il tendit une des deux moitiés, sans la lâcher néanmoins.

– Donne ! répéta la fille, fâchée.

Il la regarda d'un air narquois.

– Va savoir pourquoi, je n'ai pas l'impression de te devoir quelque chose. Et, crois-en ma vieille expérience, obtenir ce qu'on veut sans rien donner en échange est

1. Sorte de tunique.

tout un art ; ça marche rarement en se montrant désagréable.

Elle serra les lèvres et tira violemment sur le pain, mais Garin ne faiblit pas. Excédée, la fille grommela :

– Je m'appelle Pétronille. Je n'ai rien mangé depuis hier soir.

Depuis hier soir ! Garin se retint de rire. Lui qui était content quand il trouvait à manger une fois par jour. Il ouvrit néanmoins la main.

Mordant dans le pain avec rage, elle grogna, la bouche pleine :

– Tu voulais me faire la morale ?

– Juste te permettre de survivre. Si tu es seule, quelques manières sont indispensables.

– Je ne suis pas seule, je suis avec mon père. (Elle désigna les chariots les plus lointains d'un mouvement de menton.) Il est pelletier.

– Un marchand de fourrure ? Et il est trop pauvre pour te nourrir ?

– Je ne veux pas qu'il me nourrisse.

Crédiou ! Et à cause de cette brouille entre père et fille, c'était à lui de se priver !

Il observa la fille. Son visage était constellé de piqûres de chardon et, tout en mangeant, elle dansait sur place, se frottant alternativement les jambes avec ses pieds. Il commenta :

– Je peux me tromper, mais j'ai l'impression que des ballots de fourrure seraient plus confortables que les chardons.

– Je ne veux pas, je te l'ai dit, je suis fâchée avec mon père.

– Bois de l'Inde et vin d'Aurillac,
Perles d'Orient, soie d'Italie,

Or de Pologne, cire de Hongrie,
Riz d'Aragon, chapeau d'Paris
Et du miel de l'Andalousie.

Le jongleur était de retour. Il chantait sa ritournelle près des marchands assis en rond, et chacun le payait d'un peu de nourriture.

– *Les dattes de la mer de Sable*[1]
Les amandes du royaume de Grenade…

Il se dirigea vers Garin, ce qui fit aussitôt redisparaître Pétronille dans le chariot. Posant sa vièle contre un arbre, il demanda :

– Tu possèdes un conduit des foires ?

– Il suffit de bien se conduire, et rien ne foire, plaisanta Garin.

– Tu as de la veine. Moi, je suis obligé de faire la route à une heure du groupe.

– « Traîne-semelles », je connais.

Le jongleur eut un sourire ironique.

– Quand j'arrive au bon moment pour les distraire, les bourgeois disent : « Un jongleur ! » (Il imita une mine réjouie.) Quand ils me croisent sur la route, ils disent : « Un jongleur ! » (Il mima une grimace.)

– Intitule-toi « marchand de gaieté », proposa Garin, tu auras peut-être un conduit.

– Ah ah ah ! Ça ne marchera pas. La loi nous oblige à porter des habits bariolés pour nous distinguer des honnêtes gens.

Il désignait son élégant pourpoint rayé de couleurs vives et ses chausses assorties.

– Les rayures multicolores te rayent des listes de conduits ?

1. Le Sahara.

Le jongleur pouffa et ajouta :

– Ils ne savent pas de quoi ils se privent, les bourgeois. Ces couleurs gaies vont parfaitement avec la nouvelle mode… Regarde. (Il tourna sur lui-même.) Habits bien ajustés soulignant la finesse de la taille, mise en valeur du torse et des épaules… On m'appelle Artus l'Élégant. Quand j'apparais, toutes les filles tombent en pâmoison.

Ils éclatèrent de rire.

Le jongleur laissa à Garin une de ses fouaces et retourna auprès des marchands gagner le petit coup de vin qui ferait passer son repas.

Garin en profita pour glisser dans le chariot un morceau de la fouace.

À cet instant, le cheval noir se mit à hennir et à lancer des ruades comme un fou. Le drapier se précipita pour le calmer. Trop tard. Les mules du moine, effrayées, avaient reculé. Puis elles amorcèrent un demi-tour qui malmena le chargement. L'énorme empilement de sacs se mit à tanguer. Un grand « Aaah… ! » courut le long de la colonne, et les ballots de laine, faussant compagnie à leurs attaches, basculèrent dans la rivière.

– Dieu de miséricorde ! s'écria le moine en soulevant le bas de sa robe pour courir vers l'eau.

Mais son bien filait encore plus vite que lui et descendait le courant avec célérité.

On ne récupéra que la moitié des ballots, détrempés, et messire Gilbert dut tout racheter en compensation, y compris les mules et le chariot pour les transporter. Heureusement, un drapier a toujours besoin de laine, il en aurait l'usage.

Garin s'approcha du moine :

– Dieu vous a entendu, vous retournez à vos moutons.

– Oui… (Le religieux regarda autour de lui avec crainte.) Mais je repars seul, et cela ne me rassure pas.

Garin lui adressa un clin d'œil.

– Je vous propose : Saint Nectaire, protégez le solitaire.

Le moine dodelina de la tête.

– Ho ! Scribe ! appela le drapier.

Il était de très mauvaise humeur. Il ajouta dans un grognement :

– Je vais le revendre, ce cheval-là, et en vitesse. Puisque tu n'en as pas, tu me l'achètes ? Je te ferai un prix d'ami.

– Oh là ! Sans parler de le payer, je n'aurais même pas de quoi réparer son harnais ou lui offrir des fers neufs.

Messire Gilbert eut une mimique déçue.

– Bon. Je verrai avec le groupe qui doit nous rejoindre. En attendant, au travail !

– Un autre groupe ? On est déjà un nombre incroyable…

– « Incroyable », fit le drapier en haussant les épaules. Du temps des comtes de Champagne, c'était bien autre chose ! Il y avait des marchands de Londres, de Bruges, d'Orient, des Espagnols, des Italiens… (Il soupira.) Avec la guerre, ça s'est détérioré. Tout va à vau-l'eau. Et encore pire depuis que le roi a autorisé les Vénitiens à commercer ailleurs qu'en Champagne. (Il re-soupira.) Non, rien n'est plus comme avant.

Il fouilla dans son chariot et en sortit des feuilles de parchemin. Garin s'enquit :

– Vous voulez me faire écrire vos souvenirs ?

Gilbert lui lança un regard surpris, comme s'il trouvait l'idée intéressante.

– Non, lâcha-t-il enfin. C'est destiné à un ami. Je lui ai promis des conseils pour préparer sa fille à devenir une bonne épouse.

– Dans ce cas, je vais choisir ma plume la plus gracieuse, s'amusa Garin.

Il s'assit sur une pierre, sortit son matériel de l'écritoire, referma, coinça sa corne à encre dans le trou prévu et posa sur le couvercle une feuille de parchemin.

– Prêt, déclara-t-il en présentant sa plume.

Artus l'Élégant chantait au groupe des marchands d'épices :

– Ils viennent de Bourgogne,
De Savoie, de Narbonne,
De Flandre et de Tunis.
De Gênes et de Galice…

Gilbert ne se laissa pas distraire :

– Intitule ce chapitre : « Soyez prévenante à l'égard de votre mari ».

Voilà qui commençait bien.

Dans les règles de l'art, les titres s'écrivaient à l'encre rouge mais, ça, c'était pour les scribes de scriptorium, pas pour les tâcherons de coin d'écritoire. Avec sa seule encre noire, Garin s'appliqua donc doublement.

– J'y suis.

– « Le mari va et vient, qu'il pleuve, qu'il vente ou qu'il neige. Aussi, à son retour, il faut le déchausser auprès d'un bon feu, lui laver les pieds, lui donner des chausses et des souliers propres. »

– Ce doit être agréable, apprécia Garin qui n'avait jamais envisagé que quelqu'un s'occupât de lui. Mais il vaudrait mieux intituler le chapitre : « Soyez prévenant à l'égard de votre conjoint ». Parce que si c'est la femme qui revient mouillée…

– Comment cela ? s'exclama le drapier. Une femme sait fort bien se sécher et se changer seule ! Poursuis. « Puis le faire bien manger et bien boire, le faire coucher entre des draps blancs, avec un bonnet blanc, et couvert par de chaudes fourrures. »

– Ça m'a l'air drôlement pratique d'avoir une femme, commenta Garin.

– Mon ami, c'est dans ce but que Dieu a créé la femme, pour qu'elle soit au service de l'homme. (Il désigna la feuille d'un geste impatient.) « Et le lendemain lui préparer une chemise propre et des habits nouveaux. »

Garin releva la tête.

– Qu'est-ce que c'est que ça ?

Il ne parlait pas du texte, mais du bruit de cavalcade qui se rapprochait.

– Les marchands de chevaux que nous attendions, expliqua le drapier. Nous allons repartir. Range tout, nous continuerons ce soir.

Crédiou ! Des dizaines de chevaux !

4
La reine des menteuses

« Des problèmes avec un cheval. » Quel cheval ?

Les maquignons et leurs troupeaux prirent place à l'arrière du convoi, et la longue file de roues, sabots et souliers s'ébranla. Le chariot de chardons aussi. À aucun moment, on n'avait contrôlé son contenu. Pétronille n'était pas idiote : on ne surveillait pas un chargement aussi modeste, quand une caravane regorgeait d'or, de tissus précieux et d'épices coûteuses. Le plus curieux était que son père ne semblait pas s'inquiéter d'elle. Pourtant, elle ne tiendrait pas quatre jours enfermée avec des chardons.

On passa d'une voie charrière de huit pieds[1] de large (où le règlement imposait de tenir le bétail par la bride et d'avancer à la queue leu leu) à un grand chemin de trente-deux pieds qui permettait à deux charrettes de circuler de front. Garin en profita pour rejoindre le chariot de fourrure et annoncer en montrant son écritoire :

– Je propose mes services. Je peux vous faire des travaux d'écriture à l'étape. À moins, évidemment, que votre fille sache écrire.

1. Un pied = environ 33 cm.

– Ma fille ? Quelle fille ? s'étonna l'homme. Je n'ai qu'un fils, et il n'a pas cinq ans.

Il s'était trompé de pelletier ! Garin regarda en arrière.

– Ho ! Le scribe ! appela un soldat de l'escorte. Surveille ta cousine ou je l'exclus du convoi !

– Ma cousine ?

– Le marchand de chapeaux de Paris l'a surprise à monter dans son chariot.

Sur ces mots, le garde ramena devant lui Pétronille qu'il tirait par le bras.

– Ah, articula Garin. Ma cousine…

Crédiou, quelle menteuse, celle-là !

Oui, saint Garin, pas de commentaires.

– Je ne voulais rien voler, protesta Pétronille, je voulais juste dormir sur les plaques de feutre.

Le garde la toisa sévèrement :

– Et elle ne possède pas de conduit.

– C'est normal, répliqua Garin, elle est servante.

Devant l'air surpris du garde, il prit conscience du riche accoutrement de sa « cousine ».

– Vous le voyez à ses vêtements. Elle finit d'user ceux de la fille de notre maître, qui les lui donne quand elle ne les met plus.

Il n'avait nommé aucun maître, et le garde crut qu'il s'agissait toujours de Gilbert de la Pisserote. Il lâcha Pétronille en lui intimant l'ordre de se tenir tranquille et rejoignit son poste.

– Il n'est pas question que je sois servante, siffla la charmante damoiselle.

– C'est gentil de me remercier pour ce que je viens de faire pour toi, apprécia Garin.

– Il n'est pas question que je sois servante !

– Oui ? Eh bien, c'est comme tu veux. Seulement tu

ne pourras pas rester dans le convoi. D'ailleurs, qu'y fais-tu ?

– Ça ne te regarde pas.

– Tu t'es enfuie de chez toi ?

Elle ne répondit pas.

– Bon. Puisque tu n'es ni fille de marchand ni servante, tu vas être renvoyée. C'est même ce qui peut t'arriver de mieux. À ton âge, seule sur les routes… Tu ferais mieux de rentrer chez toi.

– Je ne rentrerai pas. J'ai dit au garde que j'étais orpheline et que tu étais mon tuteur, et responsable de moi.

– Alors ça, c'est la meilleure ! J'ai déjà bien du mal à être responsable de moi-même ! Tu ne sais rien de la vie sur les chemins ; crois-moi, retourne chez tes parents. Dès qu'on trouvera des pèlerins qui vont dans l'autre sens, je te confierai à eux.

– Si tu me renvoies, grinça Pétronille, je dirai que tu m'as enlevée.

– Quoi ? (Saint Placide, calmez-moi.) Bon, tu fais ce que tu veux, mais ne compte pas sur moi pour voler à ton secours s'il t'arrive quelque chose.

Et Garin la planta là pour rejoindre messire Gilbert. Quelle plaie !

En milieu d'après-midi, on s'arrêta près d'un étang pour faire boire les bêtes, et le scribe reprit sa plume pour le deuxième point du manuel d'éducation : « Les femmes doivent se montrer discrètes et effacées ».

– Joli programme, admira-t-il en songeant à Pétronille. Vous décrivez les femmes telles que les hommes voudraient qu'elles soient ?

– Telles qu'elles sont destinées à être par nature, rectifia sèchement le drapier, dans le respect de Dieu et de leur mari.

Bon, bon…

– Ah ! s'exclama Gilbert en tournant ses mains vers le ciel pour le prendre à témoin, autrefois il n'y aurait pas eu besoin de leur enseigner de telles évidences. Aujourd'hui, hélas (il secoua la tête) beaucoup ont besoin de leçons. Regarde celle-ci, qui n'a aucune honte à nous dévisager.

Garin tourna la tête. Pétronille ! Il aurait dû s'en douter. Elle lui faisait des signes impatients. Qu'est-ce qu'elle lui voulait encore ?

Il souffla sur sa feuille pour sécher le titre. Il était hors de question qu'il s'occupe de cette petite prétentieuse.

– Écris, reprit son maître. « Damoiselle, lorsque vous vous rendez en ville ou à l'église, faites-vous accompagner par des femmes de bonne réputation. En cheminant, tenez la tête droite, les paupières baissées et immobiles, fixant le sol à quelques pieds devant, sans jamais relever les yeux ni regarder autour. »

– J'espère qu'elle ne vit pas dans une campagne pleine de brigands et de loups, remarqua le scribe, sinon elle est bonne pour…

– Elle vit en ville et n'a aucune raison de surveiller les environs, coupa Gilbert. Imaginons un instant que, inspectant effrontément la rue, elle croise le regard d'un homme.

– J'en frémis, commenta Garin en jetant un coup d'œil involontaire vers Pétronille.

Elle s'agitait de plus en plus. Mais qu'est-ce qu'elle avait ?

– Reprenons : « Ne riez jamais, ne vous arrêtez pas pour parler dans la rue. »

– Excusez-moi un instant, lâcha Garin, j'ai des coliques.

Il posa sa plume et courut vers un bouquet d'arbres. L'instant d'après, Pétronille l'y avait rejoint :

– Tu vas écrire un billet pour moi, décréta-t-elle.

Il était encore tombé dans le piège ! Il ricana :

– Tiens donc… Je vais faire ça, moi ?

– Après, tu ne me verras plus. Dès que j'aurai réussi, je partirai.

– Ah ! Là, tu me tentes. Réussi quoi ?

– Écris le billet, c'est tout.

– Ben voyons ! C'est si gentiment demandé que je ne vois pas comment refuser. Il te suffira de fournir le parchemin et de me payer deux deniers pour le travail.

Elle ouvrit des yeux scandalisés.

– Je n'ai pas d'argent, tu dois le faire gratuitement.

– Je « dois ». Te donner mon travail, t'offrir ma plume, mon encre, payer le parchemin… Et tout ça pour tes beaux yeux et ta gentillesse. C'est pour ça que tu m'as dérangé dans un travail qui me permet de gagner mon pain ? Comment le gagnes-tu, toi ?

Désarçonnée, elle se balança d'avant en arrière.

– Écris-le, je te prie, lâcha-t-elle enfin.

Ah. Il était vrai que comme ça…

Crédiou, il était encore en train de se faire avoir ! Saint Micheau, vous aurez ma peau.

– Tu n'as que quelques mots à écrire, insista la reine des brise-quenouille, mais c'est très urgent.

– Si je vais rechercher mon écritoire, messire Gilbert ne sera pas d'accord.

– Avec quoi d'autre peux-tu écrire ?

– Avec… un morceau de charbon de bois.

Pétronille disparut aussitôt pour revenir l'instant d'après avec un bâton au bout incandescent qu'elle avait volé au feu. Elle l'éteignit dans l'herbe, souleva le bas de sa robe, déchira un morceau de sa chemise de dessous et tendit le tout au scribe.

– Voilà de quoi écrire.

Incroyable ! D'autant que le tissu était de la soie. Elle dicta :

– « Je vous le rendrai. »

Pour une fois, la reine des menteuses n'avait pas menti : c'était court.

À peine eut-il fini d'écrire qu'elle lui arracha le tissu des mains et se mit à courir sur la route.

Garin n'hésita qu'un bref moment avant de filer sur ses traces.

5
Les mystères de Pétronille

Pétronille fonçait sans regarder derrière. Un moment après avoir dépassé la tête du convoi, elle s'engagea à gauche dans un chemin plus étroit, entaillé par des marques de roues, puis bifurqua sur un autre encore moins large mais aux ornières soigneusement rebouchées, et arriva, toujours courant, devant deux colonnes de pierre marquant l'entrée d'un vaste domaine et surmontées… d'un cheval cabré !

Elle y pénétra sans ralentir. Tant pis, impossible de s'arrêter maintenant. Garin suivit par l'intérieur du bois pour ne pas se faire repérer.

Ils parvinrent enfin en vue d'un riche manoir. Pétronille tambourina à la porte.

Dans la cour était stationné un chariot de voyage, haute caisse sur roues qui ferait une très bonne cachette ! Garin se précipita derrière. Il était temps, la porte s'ouvrait.

– Damoiselle Pétronille, c'est vous ? s'étonna le portier en regardant dehors. Vous êtes seule ?

– J'ai laissé mes gens à l'entrée du chemin.

– Votre oncle est absent, damoiselle. Vous savez bien qu'il ne rentre jamais avant la nuit tombée.

Après un faux père et un faux cousin, elle aurait un vrai oncle ?

– Je vais l'attendre, décida Pétronille en pénétrant dans le manoir.

Attendre jusqu'à la nuit tombée ? Alors ça, pas question. Garin avait laissé son écritoire dans le convoi et ne l'abandonnerait pas. Elle était la compagne de sa vie. Elle ne levait jamais les yeux sur d'autres hommes et ne parlait jamais dans la rue. Euh… Qu'est-ce qu'il était en train de raconter, là ? Il rit tout seul et rebroussa chemin. Vous avez vu, saint Garin, vous qui me reprochez toujours ma curiosité, je fais passer mon devoir avant tout. Enfin, mon écritoire, oui, d'accord, ne chipotons pas.

Saint Aimable, soyez aimable, faites que les marchands ne soient pas repartis.

Ouf ! Personne n'avait bougé et sa chère écritoire l'attendait là où il l'avait laissée.

– Il est temps ! s'exclama le drapier en le voyant arriver. Sacrées coliques !

– Terribles, confirma Garin.

– Et où t'es-tu fait ça ?

Le drapier désignait son estomac. Horreur ! Sa cotte s'ornait d'une large tache grasse.

– J'ai dû me frotter à une roue de chariot…

Oui, un chariot de voyage aux moyeux bien graissés. Par ma barbe, sainte Barbe, ma meilleure cotte !

Sa seule, pour tout dire. Il l'avait achetée d'occasion à un fripier il n'y avait pas plus de… deux ans.

Il courut à l'étang, trempa le bas de sa chemise dans l'eau et s'en servit pour frotter la tache.

Ahi ! Au lieu de s'effacer, elle s'étalait ! Mais quelle

sorte de graisse utilisaient-ils, les riches ? Il essaya encore, rien à faire.

Quelque chose attira son regard, et il releva la tête. Pétronille marchait droit sur messire Gilbert ! Oubliant sa tache, Garin les rejoignit. Le drapier expliquait :

– Je l'ai déjà vendu, et pas cher, malheureusement. Cinquante livres.

– Ce n'est pas son prix, protesta Pétronille. Je vous en offre deux cents.

Et elle tendit au drapier une bourse de cuir. Quoi ? Elle possédait là-dedans deux cents livres ?

– Hélas, il est trop tard, fit le drapier. Crois bien que je le regrette, mais ce cheval appartient désormais au maquignon Simonet le Normand.

Pétronille regarda avec colère vers les marchands de chevaux, puis descendit le convoi d'un pas décidé.

Garin ramassa sac et écritoire et la suivit.

Ces deux cents livres ne lui étaient sûrement pas tombées du ciel, et il avait sa petite idée sur leur origine. Il la rattrapa.

La bourse était très originale, bleue, avec un fond circulaire.

– Pétronille, où as-tu eu cette bourse ?

– Ça ne te regarde pas, répondit-elle avec amabilité.

– Non, sauf que tout le monde s'imagine que je suis responsable de toi, ce qui me REND responsable de toi. Or, ce matin, tu ne possédais pas un denier, alors je m'étonne, vois-tu !

– Un de mes oncles me l'a donnée.

Un mensonge de plus. L'oncle n'était pas là, et les paroles du valet laissaient penser qu'elle le savait d'avance. Il insista :

– Pourquoi veux-tu acheter ce cheval, alors que ce matin tu en avais peur ?

– C'est que, ce matin, j'avais des projets différents. Je voulais le voler sans qu'on puisse me soupçonner. Maintenant je l'achète, c'est plutôt mieux, non ?

– Euh… Avec de l'argent volé lui aussi ?

Elle le considéra d'un œil soupçonneux et rectifia :

– Emprunté. À la place, j'ai laissé le message : « Je vous le rendrai. »

Et elle poursuivit son chemin.

Garin, lui, hésita. Était-il raisonnable de se jeter dans la gueule du… cheval ?… D'une centaine de chevaux juste encadrés par quelques gardiens.

Le maquignon du nom de Simonet le Normand était un rougeaud au cou si court qu'on aurait cru sa tête posée directement sur ses épaules. Il était en train de vanter un cheval bai au marchand de noix de muscade :

– C'est le croisement d'une jument espagnole et d'un palefroi[1] du royaume de Danemark. Idéal pour une femme. Votre épouse en sera ravie.

À ce moment, on entendit un hennissement vigoureux, et le cheval noir se dressa sur ses pattes arrière. Le maquignon bondit pour tirer sur sa longe. Mauvais réflexe : au lieu de calmer l'animal, ça l'énerva et il se cabra de plus belle en battant des sabots. Le maquignon se retrouva sur le sol, un peu sonné, la marque d'un fer imprimée sur le front. Comme quoi un fer à cheval ne porte pas toujours chance.

– Calme…, lâcha Pétronille à voix basse.

Et le cheval reposa aussitôt ses pattes avant.

1. Cheval marchant l'amble (en soulevant les deux pattes ensemble du même côté), ce qui est plus confortable pour le cavalier.

– Celui-là, brailla le maquignon, je vais vous le dresser, vous allez voir ça !

– Inutile, annonça Pétronille, je vous l'achète.

Se relevant, le maquignon regarda autour de lui sans comprendre qui lui avait parlé. Le cheval secouait sa crinière en soufflant encore par les naseaux avec agacement.

– Je vous l'achète, répéta Pétronille.

Le Normand l'aperçut enfin et se mit à rire.

– Voyez donc, la brindille veut se faire réduire en copeaux ! (Il se retourna vers son acheteur.) Un peu vif, mais belle bête, celui-là. Noir bien brillant, tête busquée, fière allure. Produit d'un cheval arabe ramené de Chypre et d'une jument normande.

– Plutôt croisé espagnol et oriental, décréta Pétronille.

Le maquignon la toisa, interloqué.

– File de là, toi !

Il la saisit par le bras et la repoussa. Le cheval noir se mit à trépigner sur place d'un air menaçant.

– Je le prendrais bien, affirma alors le jeune marchand. J'en viendrais à bout, croyez-moi.

– J'ai dit que je l'achetais, se fâcha Pétronille.

Le maquignon ne lui prêta aucune attention. Il isola le cheval du troupeau et tendit les rênes au marchand, qui sauta lestement sur son dos.

C'est tout ce qu'il y eut de leste. Il dut ensuite se cramponner à la crinière – sans aucun style – pour ne pas s'envoler sous les coups de reins.

Il ne fut finalement pas de taille et s'affala dans un buisson de ronces. Les spectateurs riaient à gorge déployée. Très content de lui, le cheval noir revint vers le troupeau dans un élégant petit trot, une sorte de danse sur le bout des sabots. On aurait dit qu'il riait.

Pétronille, l'œil réjoui, reprécisa avec un calme plein d'ironie :

– Je vous le prends.

– Oh toi, arrête de m'ennuyer ! De toute façon, je n'ai pas le droit de vendre en dehors de la foire. Et tu as vu de quoi il est capable !

– Cent livres, insista Pétronille.

– Je ne PEUX PAS, tu comprends ? C'est INTERDIT.

– Vous alliez le vendre à cet homme.

– Je le renseignais. Il ne l'aurait pas eu avant Provins.

Pétronille lança un coup d'œil à Garin. Il répondit par un haussement d'épaules que ce n'était pas lui qui faisait le règlement des foires.

– Aucun ne l'égale encore,
Ni dromadaire ni cheval maure
Aussi pour mille bons ducats,
Tu ne l'auras certes pas.

Le jongleur. Décidément, il avait une chanson pour toutes les occasions, celui-là ! Garin s'ébaudit :

– Mille ducats. Comme tu y vas ! Ça fait combien en deniers, ça ?

– Aucune idée, reconnut le jongleur en riant, mais c'est bon pour la rime.

Le convoi s'ébranlant, il lui adressa un signe de la main et rejoignit son chariot qui l'attendait à l'arrière. Pourquoi avait-il besoin d'un chariot pour voyager avec une simple vièle ? Mystère.

Garin partit en sens inverse pour reprendre sa place. Comme Pétronille remontait avec lui, il s'informa à mi-voix :

– Tu le connais, ce cheval, n'est-ce pas ?

La charmante prit son air renfrogné, fit quelques pas en silence et consentit finalement à lâcher :

– Il s'appelle Diablat.

Impeccable, le nom !

*

Garin fut réveillé par le froid. Saint Geoffroy, réchauffez-moi.

Il avait renoncé à partager le chariot du drapier pour éviter ses ronflements, et ça se payait. Il se recroquevilla sous son manteau.

Le chariot s'agita au-dessus de sa tête, et un bâillement sonore en sortit. Crédiou, non seulement messire Gilbert ronflait faux, mais il bâillait faux !

Garin rampa hors des roues et regarda autour de lui. Pétronille avait disparu. Simonet le maquignon, remontant le convoi, interpella le drapier dont le bonnet de nuit en bataille émergeait du chariot.

– Sacrée affaire, votre cheval noir ! Il a réussi à se détacher cette nuit.

– Ne vous plaignez pas, protesta le drapier, vous ne l'avez pas payé cher. Il s'est enfui ?

– Même pas. Je l'ai retrouvé près du chariot…

– … de chardons ?

– Non, non. De matelas de coton. Il les reniflait. Ce cheval a de drôles de mœurs.

– Il est un peu fou, je vous avais prévenu. Le marchand de matelas fait des histoires ?

– Non, rien n'est abîmé. D'ailleurs, il n'était pas là, il avait un lit à l'auberge.

– C'est toujours pareil, grommela le drapier. Les premiers arrivés sont servis, les autres sont bons pour coucher à la dure…

Il rentra la tête et le maquignon s'éloigna en parlant d'avaler quelque chose de chaud à l'auberge. Pétronille revenait.

– Où étais-tu passée ? s'informa Garin.

– J'avais trop froid, je suis allée dormir à l'abri.

– Dans le chariot de matelas…

– Comment le sais-tu ?

En tout cas, sous ses airs de fille de riche habituée à se faire servir, elle ne se débrouillait pas si mal.

Elle pointa le doigt sur sa cotte.

– Tu as une tache.

– Merci, j'avais remarqué. Je manque un peu de temps pour la laver, vois-tu.

– Il faut la faire tremper dans de l'eau chaude avec des plumes de poussin.

Garin eut une mimique amusée.

– Je n'aurais pas cru que tu t'occupais de la lessive.

Pétronille réagit violemment :

– Je ne m'en occupe pas. J'observe les servantes.

Elle tourna le dos et s'en alla d'un pas furieux.

– Merci quand même pour le conseil, lança Garin en riant.

Puis il mordit dans son pain fourré au fromage de Brie.

... Repas qu'il dut rembourser ensuite par quelques lignes d'écriture. La leçon du jour s'intitulait : « Les femmes doivent être pieuses ».

– « À la tombée de la nuit, arrêtez tout travail, renoncez à boire et à manger. Asseyez-vous dans un lieu solitaire et ne pensez à rien d'autre qu'à la messe du lendemain. »

– Eh bien, remarqua Garin, une chance que vous et moi ne soyons pas des femmes, hein ?

Le drapier ouvrit la bouche pour un commentaire, puis se ravisa et poursuivit :

– « Une fois arrivée à l'église, choisissez un endroit caché et solitaire devant un bel autel ou une belle statue. Gardez la tête droite et maintenez vos lèvres en perpétuel mouvement pour montrer que vous murmurez des prières. »

On s'arrêta là, parce qu'il y eut du brouhaha et des appels avertissant qu'on s'apprêtait à repartir. Pétronille réapparut et tendit à Garin un bâton de bois de réglisse.

– Je l'ai acheté à un marchand de Galice. (Elle mâchonna le sien.) Tout compte fait, j'ai décidé de te garder comme cousin jusqu'à Provins.

– C’est trop d’honneur. Et après ?

– À Provins, je rachète Diablat et je m’en vais.

Joli programme. Elle ne révéla pas l’endroit où elle s’en irait, mais bon… ce n’étaient pas ses oignons. Elle le saisit par la manche.

– Pour Diablat, tu ne dis rien, hein ? Et surtout pas que je le connais. On m’empêcherait de l’acheter.

– Pourquoi ?

Elle tourna le dos et repartit vers la queue du convoi.

Crédiou ! Le « problème avec un cheval » n’évoquait peut-être pas un danger physique : la preuve, ce n’était pas lui qui avait pris le coup de sabot. En revanche, ça pouvait présager des ennuis causés par un cheval. Au nom prédestiné. Et en rapport avec une certaine « cousine » à lui.

Quels ennuis ? Saint Odilon, dites-m’en plus long !

6

Bleu, blanc, rouge

Garin ne savait pas exactement ce qui s'était passé mais, depuis la veille, Pétronille paraissait moins sûre d'elle. Il avait cru comprendre qu'un homme l'avait appelée « ma petite caille » en se glissant dans le chariot de couvertures de laine où elle avait trouvé refuge, et qu'elle n'avait réussi à filer qu'en le mordant au sang.

Du coup elle avait passé la nuit suivante, à Pont-sur-Seine, sous le même chariot que lui.

– Voilà Provins, annonça messire Gilbert.

Garin leva la tête. Perchés sur un plateau, château, donjon et église surgissaient d'une armée de cheminées. En contrebas, une basse-cour de toits de chaume et de clochers plus modestes, groupés en hameaux au milieu de taches bleu foncé, rouges et blanches. Le tout était enfermé dans un rempart ponctué de tours tantôt rondes, tantôt carrées, comme si on n'avait pas pu se décider.

– Que de drapeaux ! s'écria Pétronille. La ville est en fête ?

– Garin, gronda le drapier, dis à ta cousine qu'une jeune fille ne s'exclame pas de cette façon. Surtout qu'elle ne démontre que son ignorance. Des drapeaux !

(Il leva les yeux au ciel.) Les taches de couleur sont des tissus qui sèchent.

Pétronille lui fit une grimace dans le dos et observa le châtelet, encadré par deux grosses tourelles suspendues, qui défendait la porte de la ville. Garin ignorait où elle habitait, mais elle n'était visiblement jamais venue ici.

On s'engageait sur le pont franchissant les douves, quand elle récidiva d'un ton alarmé :

– Où vont les chevaux ?

Le troupeau s'éloignait effectivement en longeant les fossés. Le drapier se contenta d'une moue désapprobatrice.

– Ils n'ont sans doute pas le droit d'entrer en ville, tenta Garin, histoire de donner un coup de main à l'*effrontée*.

– Erreur, répondit messire Gilbert, ils vont comme nous en ville haute, mais ils font le tour, car le cours aux chevaux se trouve à l'autre bout, près de la porte Saint-Jean.

Garin adressa un clin d'œil à Pétronille. Elle était contente, comme ça ?

Elle lui répondit par une mimique qui ressemblait à un début de sourire.

Passé la porte de Troyes s'ouvraient des marécages. La rue longeait ensuite des champs tendus d'interminables lignes de drap écru ou bleu foncé. Les taches rouges, elles, n'avaient rien à voir avec les autres : c'étaient des plantations de roses. Le drapier commenta devant un groupe d'hôtels cossus entourant une église :

– Pour la foire de Saint-Ayoul, en septembre, on loge ici.

Garin s'intéressa surtout à l'église. Sa façade possédait trois portails bien en retrait, qui devaient constituer trois merveilleux abris pour les *traîne-semelles* de son espèce. Par habitude, il nota l'endroit dans un coin de sa tête.

– Et où loge-t-on, cette fois ? s'inquiéta-t-il.

– Au Châtel, répondit le drapier en désignant la ville haute d'un mouvement de menton.

Garin s'arrêta net.

– Alors, je vous laisse. Les loyers des villes basses me conviennent toujours mieux.

– Tu ne peux pas. Tu es à mon service et, à la foire de mai, on doit tous loger en ville haute. Mais ne t'en fais pas, rien n'est cher. Depuis que les foires de Champagne ont perdu de leur importance, il y a davantage d'hôtels que de marchands à loger.

– Alors, se réjouit Garin, rien n'est plus comme autrefois ?

Le drapier lui lança un regard mitigé et reprit :

– En ce temps, on était même si nombreux que nos confréries préféraient acheter une maison dans chaque ville de foire pour nous loger. Aujourd'hui… (Il soupira.)

Plus on avançait, plus les maisons se pressaient. Les gens sortaient sur le pas de leur porte pour saluer en agitant les bras.

– Ils ont l'air content de nous voir, observa Garin.

– Les foires sont la richesse de cette ville, expliqua le drapier. Encore que ce ne soit plus comme autrefois…

Tiens, ça faisait longtemps qu'on ne l'avait pas entendue, celle-là !

Arrivés à hauteur de l'église Sainte-Croix, on ne progressa plus que pas à pas. Gilbert se dressa sur la pointe des pieds pour voir devant et commenta :

– Maître Maquart, le garde des foires, nous accueille en personne au Pont-au-Poisson.

Excités, les badauds jetaient des coups d'œil dans les chariots, car les marchandises de ces grossistes se retrouveraient bientôt sur les étals de leurs détaillants. Enfin, on entendit le grincement du moulin annonçant la rivière et son pont.

Le garde des foires était grand et mince, assez bel homme bien que frisant la cinquantaine. Évidemment, Garin ignorait encore le rôle qu'il jouerait dans son histoire. Consultant son registre, le dénommé Maquart déclara d'une voix officielle :

– Gilbert de la Pisserote, maître drapier, venant de Châlons... (Il leva un œil interrogatif sur ses accompagnateurs.) Et... ?

– Son scribe personnel, expliqua Garin. Et sa... brosseuse de chapeaux.

Sa charmante cousine le foudroya du regard.

L'homme n'y prêta pas attention. Tandis qu'il indiquait à maître Gilbert qu'on lui avait réservé étal et logement à la halle de la place des Changes, Garin souffla à Pétronille :

– Quoi ? C'est mieux que videuse de vase de nuit, non ?

– « Brosseuse de chapeaux »..., s'amusa Gilbert en suivant la rue qui grimpait vers le plateau. Je me demande où tu vas chercher tout ça.

– J'essaie d'éduquer ma cousine à faire des choses simples, pour qu'elle m'aide à gagner notre vie. Dès que je prononce le mot « servante », elle menace de me sauter à la gorge.

Pétronille lui montra les dents, mais sans prononcer un mot. Garin lui grimaça un sourire.

On passa sous le palais des Comtes, on franchit une ancienne porte de la ville et on atteignit la place des Changes. S'attendant à voir fleurir des tables dans tous les coins, Garin s'étonna :

– Où sont les changeurs ?

– Les étrangers ne venant plus, plus besoin de changeurs. Non, rien n'est plus comme avant...

Eh ! Il l'avait bien cherché, cette fois !

La place était gardée par une croix et cernée de belles maisons sur lesquelles veillait un énorme donjon. Ils se frayèrent un passage entre les chariots qui s'emmêlaient les roues en cherchant leur adresse.

Sur l'estrade du pilori se tenait un condamné, la tête penchée, la bouche en sang.

– C'est pour dissuader les voleurs avant l'ouverture de la foire, commenta le drapier. L'an dernier, c'était une servante, qui avait eu les oreilles coupées pour avoir volé une robe à sa maîtresse.

– Et celui-là, qu'est-ce qu'il a fait ? s'intéressa Pétronille.

Garin jeta un coup d'œil à l'ardoise fichée sur le poteau :

– « Cet homme a eu la langue coupée pour avoir dit du mal du roi. »

Ahi ! Il ferma instinctivement la bouche. Un mot de travers, une rigolade mal perçue, et les pauvres hères de son genre se retrouvaient vite en héros du spectacle.

Le drapier contourna une haute croix et arrêta ses mules devant une belle façade de pierre. C'était là qu'il comptait loger ? Crédiou, « prix modique » n'avait sûrement pas le même sens pour tous. Heureusement, son employeur proposa :

– Je t'offre le toit pour cette nuit, histoire d'avancer dans nos écritures. Après l'ouverture de la foire, j'aurai moins de temps.

Le rez-de-chaussée de la maison était occupé par une grande halle. Pétronille tira Garin par le surcot :

– Pas là.

– Le logement est gratuit !

– Pas là. On ne verrait pas les chevaux.

Et elle accompagna ces mots d'un signe négatif irrévocable.

Saint Fulgence, donnez-moi la patience.

Bon. De toute façon, cet hôtel était beaucoup trop beau pour quelqu'un qui portait un nom à coucher dehors.

– Je reste plusieurs jours, annonça-t-il au drapier en râlant intérieurement, et ça m'ennuierait de devoir redéménager mes affaires. Je préfère prendre un logement définitif.

Gilbert jeta un regard un peu sidéré à son écritoire et son modeste sac. Cependant, il avait d'autres préoccupations et se contenta de déclarer :

– Reviens aussitôt.

Crédiou, dire qu'il aurait pu avoir un bon lit ! J'espère que ça me fait gagner des indulgences pour le paradis, saint Garin. Je ne peux quand même pas la laisser tomber ! Une fille toute seule !

Il laissa échapper un petit soupir et ressortit.

– Porte Ouest, décréta Pétronille sans une once de culpabilité.

7

La fille et le cheval

Ce que messire Gilbert avait appelé « le cours aux chevaux » était un vaste pré délimité par des barrières le long des remparts. Il était encore désert. De l'autre côté de la rue, des marchands de laine commençaient à s'installer.

Garin jeta un regard d'expert sur les maisons. À part une ferme à tourelle tout au bout, elles semblaient modestes, ils trouveraient à se loger à bon prix. Cette taverne, par exemple, avait une soupente qui faisait certainement dortoir…

– C'est un bouge, protesta Pétronille. Ça doit être plein de puces.

– Pour ça, ne t'en prends qu'à toi. L'hôtel de la halle au drap était mieux tenu, je te l'accorde.

– Bon, soupira-t-elle avec agacement, allons-y.

Et elle entra d'un pas décidé.

Devant une cheminée qui enfumait la salle, des hommes assis par terre jouaient aux dés. Le tavernier, sanglé dans un devantier[1] d'une saleté repoussante, leur indiqua l'étage.

1. Tablier.

Ils montèrent les marches branlantes – Pétronille d'un pas déjà moins ferme – et poussèrent une porte qui avait perdu son loquet depuis longtemps. Par terre étaient alignées huit paillasses crasseuses. Le pas de Pétronille redevint aussitôt d'une remarquable fermeté : elle fit demi-tour et redévala l'escalier.

– Qu'est-ce qui ne va pas encore ? s'exclama Garin en la rejoignant dehors.

– C'est… trop sale.

Elle haletait, comme sous un choc violent. Tudiou, ça faisait la bravache et ça fuyait avant d'avoir entendu le moindre cri de punaise !

C'est qu'elle n'avait pas passé son enfance dans le même palais que lui. Une pièce unique, on l'on dormait à tour de rôle faute de place, puisque la paillasse ne pouvait accueillir plus de huit Troussebœuf à la fois et qu'ils étaient vingt-sept. Sans compter que cette divine couche puait l'urine vu que, dans la bande, il y avait toujours des petits qui n'étaient pas encore propres.

– On va trouver autre chose, décréta Pétronille.

– Je serais curieux de voir quoi, ironisa Garin. Tu as dû te tromper sur mon nom, je ne m'appelle pas Crésus. Ma fortune se monte à… (il additionna mentalement les pièces contenues dans sa ceinture et dans sa semelle) quarante deniers.

– Moi, j'ai de l'argent, répliqua Pétronille. Le cheval ne me coûtera pas plus de cent livres, et j'en ai emprunté deux cents à mon oncle.

– Alors cherche un meilleur hôtel. Moi je loge ici.

– Mais je ne peux pas rester toute seule. C'est… dangereux ! (Tiens, elle s'en rendait compte, finalement.) Je paie pour toi.

Garin eut un sourire moqueur.

– En tant que cousin ?

– En tant que garde du corps.

Crédiou ! C'était la première fois qu'il était garde du corps !

Oui… Inutile de le crier sur les toits. Vu sa carrure… Il observa :

– Si tu m'embauches, c'est différent. Je te fais un prix d'ami : l'hébergement, plus un soupçon d'amabilité. Évidemment, là, je suis peut-être un peu cher…

Il s'interrompit. Il venait de remarquer quelque chose d'intéressant.

– Attends.

Il courut vers la maison à tourelle et enjamba la barrière du poulailler qui la jouxtait. Il s'y fit une petite récolte de plumes de poussin qu'il enfourna dans son sac. Rejoignant Pétronille, il s'informa :

– Quand tu auras racheté Diablat, tu rentreras chez toi ?

Elle le considéra d'un air interloqué, comme si elle venait de réaliser quelque chose, puis elle détourna la tête :

– Les chevaux arrivent !

On entendait effectivement à la porte Saint-Jean le roulement continu des sabots sur le pont-levis, et les premiers chevaux débouchèrent dans la ville. Puis le roulement s'interrompit et fut remplacé par des cris.

– Diablat, souffla Pétronille. Il ne veut pas rentrer ici, il ne sait pas que j'y suis.

Et elle se mit à courir vers le long passage en tunnel de la grande porte. Garin s'y engouffra derrière elle.

Les chevaux étaient massés sur le boulevard[1], de

1. Terre-plein devant une porte.

l'autre côté du pont-levis, effrayés par Diablat qui se cabrait en hennissant.

Ne sachant plus où donner de la tête, les maquignons criaient des ordres, s'accrochaient aux brides, tiraient sur les longes pour éviter la catastrophe, et qu'une bête ne tombe dans les profonds fossés.

En plus, il y en avait deux, des fossés. Un devant eux, jouxtant les remparts, et un derrière, défendant l'accès au boulevard.

Simonet le Normand s'agrippait à la crinière de Diablat sans réussir à le calmer. Garin le croyait bon pour une deuxième décoration au fer à cheval, quand on entendit un sifflement aigu. L'animal se calma d'un coup.

Tous les yeux se tournèrent vers le pont-levis d'où était venu le sifflement et découvrirent Garin planté sous la porte.

– En voilà un qui sait y faire, s'exclama une voix soulagée.

Euh… Lui ?

Personne n'avait prêté attention à la fille. Elle traversa le pont-levis et s'approcha du cheval noir.

– Tu es folle ou quoi ? s'écria Simonet. Écarte-toi, tu vas te faire piétiner !

Pétronille ne réagit pas, elle se contenta de tourner la tête pour lancer à son « cousin » un regard lui intimant l'ordre de se taire.

C'est bon, c'est bon… Garin eut un sourire narquois. Il se demandait ce que disait le manuel du drapier à propos des filles qui sifflaient les chevaux.

Diablat semblant apaisé, Simonet s'engagea sur le pont-levis en le tenant par la bride, sans prendre garde que Pétronille accompagnait le mouvement. Tout se passa bien. Les autres chevaux suivirent en bon ordre.

– Bravo ! s'exclama un maquignon en passant devant Garin.

– Bah, c'est juste un coup de chance. Qui ne risque rien n'a rien.

Il ne manquerait plus qu'on fasse désormais appel à lui pour calmer les chevaux enragés !

Diablat se laissa enfermer avec les autres dans l'enclos, cependant il refusa de s'éloigner de la barrière à laquelle s'appuyait Pétronille.

– Celui-là, grinça l'homme sans cou, je vais lui apprendre à vivre.

Il saisit son fouet et, maintenant le cheval par la bride, le frappa avec violence.

Furieux, Diablat se cabra en battant des sabots. Pétronille cria :

– Arrêtez !

Elle bouscula Simonet, qui se retrouva à terre sans comprendre. Les sabots du cheval lui passèrent au ras du visage, et Garin crut bien que, cette fois, il allait y avoir un mort. Pétronille s'agrippa alors au cou de Diablat.

– Calme-toi, calme-toi…

Mais le cheval était aveuglé par la fureur. Garin s'aperçut qu'elle risquait aussi de prendre un coup de sabot et s'élança pour se suspendre avec elle à l'encolure. Incroyable après ce que lui avait annoncé mère-grand ! Il était aussi fou que le cheval.

Saint Crépin, ayez pitié des crétins.

Ça marcha !… Ou alors c'était la voix de Pétronille. En tout cas, Diablat s'apaisa.

Garin s'écarta en vitesse tandis que le maquignon se relevait, livide.

– Sans toi, j'étais fichu, bougonna-t-il en direction de Garin. (Il se tourna vers Pétronille.) Et toi, qu'est-ce qui t'a pris de te précipiter ainsi ? On se croit aussi douée que son cousin pour calmer les chevaux ? Tu as juste réussi à me faire tomber sous les sabots de cette furie !

– Il ne vous causera plus d'ennuis, coupa Pétronille. Je l'achète tout de suite.

– La vente ne commence que dans deux jours, pauvre folle ! En même temps que celle du drap.

Le visage de Pétronille se durcit, puis elle grinça :

– Vous n'avez pas intérêt à lui faire du mal.

Garin intervint :

– Ma cousine connaît bien les chevaux. C'est vrai, il vaut mieux éviter de le frapper, celui-là. Ne tentez pas le Diablat… euh, le diable. Vous y laisseriez votre peau.

Voilà qu'il donnait dans la prédiction, maintenant !

– Des bêtes comme ça, siffla le maquignon avec colère, moins on les voit, mieux on se porte. Dans deux jours, je vous le vends, et bon débarras.

8

La lettre de foire

– Tu le connais TRÈS très bien, ce cheval, remarqua Garin.

Pétronille ne répondit pas.

– En un mot, il est à toi.

Silence.

– Comment est-il tombé entre les mains de messire Gilbert ?

L'avenante jeune fille accéléra le pas. Elle interpella un borgne mal rasé qui débouchait d'un escalier de cave d'où venaient des claquements de métiers à tisser :

– Savez-vous où l'on peut trouver une chambre à louer ?

– Ici, répondit l'homme en indiquant la porte d'à côté.

Pétronille leva la tête vers la belle façade de pierre.

– Ça me paraît très bien.

Elle entendait par là que la maison était cossue et que, des fenêtres de l'étage, on devait apercevoir le cours aux chevaux. Ils entrèrent.

La salle du rez-de-chaussée était cernée d'étagères couvertes de pièces de drap bleu foncé, les mêmes qu'ils avaient vues sécher sur les cordes. Le maître des lieux pliait des coupons sur un comptoir.

– Vous désirez ? demanda-t-il.

– On cherchait une chambre, répondit Garin, mais vous êtes tisserand, pas hôtelier. C'est le borgne qui sortait de la cave qui nous a dit…

– Qu'est-ce qu'il fichait là au lieu d'être au travail, celui-là ? s'emporta l'homme. Pas moyen de trouver un bon tireur de tiroirs !

Les visiteurs se regardèrent, un peu sidérés.

– J'ai bien connu un porteur de portes et un bougeur de bougeoirs, chuchota Garin.

Pétronille rit. Enfin elle se déridait, et ça lui allait plutôt bien.

– Ici, tout le monde loue des chambres pour s'en sortir, reprit le patron. Je n'ai plus que trois métiers à tisser contre vingt autrefois ! Je vous parle d'un temps où nos draps ners[1] étaient connus jusqu'à Milan.

– Ah, soupira Garin, rien n'est plus comme avant.

– Vous ne croyez pas si bien dire, mon pauvre ami. Toutes mes chambres étaient occupées, ça parlait toutes les langues… Aujourd'hui, aucun étranger ne fait plus le déplacement.

– Vous avez donc une chambre pour ma cousine et moi ?

– En plus, le roi me prend un tiers du loyer ! Et ça ne va pas s'arranger. Maintenant qu'il est prisonnier des Anglais, je parie que le paiement de la rançon va nous retomber dessus. C'est notre faute, à nous ? Fallait pas perdre la bataille[2] ! À quoi on les nourrit, les seigneurs, hein ? Ah ! Ils sont forts en gueule, mais pour les résultats…

1. Bleu très foncé, proche du noir.
2. La bataille de Poitiers, en septembre 1356, qui fut une hécatombe pour les chevaliers français.

– Remarquez qu'ils auraient peut-être préféré gagner, fit observer Garin, et ne pas crever comme des bêtes dans la boue et le sang. Mais nous en étions à votre loyer… À quoi ressemble-t-il ?

– Modeste, modeste. Deux cents deniers la nuit. (Il leva le doigt.) Avec cheminée et matelas de laine, hein !

Deux cents ! Crédiou, il lui faudrait revoir le sens du mot « modeste ».

– Une chambre pour ainsi dire particulière, précisa le tisserand. Je n'ai pas d'autre client.

– Nous la prenons, décida Pétronille.

Garin laissa courir. Après tout, c'était elle qui payait. Avant de ressortir, il ajouta en déposant son sac sur le comptoir :

– Je vous confie mes affaires. Et faites-moi chauffer de l'eau pour mon retour.

Autant profiter des avantages du confort.

Pétronille se mit en quête d'un tailleur pour se faire coudre une nouvelle robe, puisqu'elle était partie (d'où ? pourquoi ?) sans le moindre bagage.

Garin, lui, se dirigea vers la halle au drap.

Elle grouillait de monde. Le propriétaire dressait des tréteaux dans la halle, les drapiers déchargeaient des montagnes de tissus. On lui désigna l'escalier du sous-sol en lui indiquant que messire Gilbert était en bas.

Il y dirigeait en effet la mise en place de ses réserves (le drap rayé à vendre et les ballots de laine à remporter chez lui) dans l'entrée d'une galerie qui s'enfonçait sous terre. Eh ! Garin avait déjà pensé que « souterrain » pouvait faire partie de son maître mot qu'il cherchait depuis si longtemps et qui devait le protéger de tout. D'ailleurs, un souterrain protégeait déjà de pas mal de choses : de la tempête, des coups de soleil, des batailles navales… Il se renseigna :

– Où vont ces galeries ?

– Ma foi, répondit le drapier, je ne suis jamais allé au bout, la ville en est truffée. Mais ne restons pas là. (Il s'adressa aux serviteurs.) Poursuivez, j'ai à faire.

Et il remonta au jour avec Garin.

Comme on ne pouvait pas installer la marchandise avant l'ouverture officielle de la foire, les étals étaient disponibles. Ils en choisirent un. Gilbert attendit que le scribe ait sorti sa tablette de cire pour écrire au brouillon et se lança :

– Intitule ce chapitre : « La femme doit être obéissante ».

Pas mal, l'idée. Ça devait être reposant. Surtout quand on sortait d'une confrontation avec Pétronille.

– Commençons par un exemple, reprit le drapier. « Deux de mes amis prétendaient chacun avoir épousé la meilleure des femmes. Me doutant qu'ils exagéraient, je leur proposai de nous rendre chez eux pour une petite expérience. (Il laissa à Garin le temps de finir.) Nous entrons dans la maison du premier. Il pose un bâton par terre et ordonne à sa femme de sauter par-dessus. "Sauter ? demande sa femme. Pourquoi ?" »

– Oui, pourquoi ? s'informa Garin.

– Elle n'a pas à le savoir, gronda le drapier. Tu ne comprends donc rien ! Elle fait honte à son mari en posant la question.

– Ah bon. Alors il a perdu ?

– Naturellement.

– Ah… C'est que par « la meilleure des femmes », vous entendez « la plus obéissante ».

– Cela tombe sous le sens ! Étant obéissante, elle ne fera rien qui contrarie son mari. Elle sera donc parfaite.

– Cela tombe sous le sens, confirma Garin avec sérieux.

– « Ensuite, nous allons chez le deuxième demander la même chose à sa femme. »

– Et là, que répond-elle ? s'intéressa le scribe sans lever le nez.

– La malheureuse ! « Elle saute une fois et, comme on lui ordonne de recommencer, elle dit : "Expliquez-moi, mon mari, pourquoi je dois faire une chose pareille." »

– *La malheureuse*, commenta Garin en se retenant de rire. Son mari a perdu aussi, je suppose.

– Bien entendu. « Enfin on arrive chez moi et… »

– Laissez-moi deviner… Votre femme saute sans rien dire ?

– Exactement. Elle saute dix fois sans un mot.

– Votre femme est faible d'esprit ?

– Que dis-tu ? (Gilbert se redressa de toute sa hauteur.) Ma femme est très obéissante, voilà tout. Elle accomplit ce que je lui demande.

– Même si l'ordre est idiot ? Parce que sauter dix fois par-dessus un bâton…

– Une bonne épouse n'a pas à juger ! Si elle commence à réfléchir, elle se donnera des raisons de ne pas obéir. As-tu écrit tout ce que j'ai dicté ?

– Scrupuleusement.

– Conclus : « Ainsi, vous le voyez, deux épouses se sont mal comportées. Car la femme doit exécuter les ordres de son mari sans chercher à savoir pourquoi ils lui sont donnés. »

Garin posa un point au bout de la ligne avant de remarquer :

– Alors, pas moyen de discuter avec votre femme, de prendre son avis. Vous devez vous sentir un peu seul, non ?

Le drapier le fixa avec stupéfaction, puis il émit un grognement et, changeant de sujet, fouilla dans une sacoche. Il en sortit un parchemin plié en trois auquel pendait un ruban.

– Toi qui sais lire… Vérifie si mon débiteur doit me payer au début ou à la fin de la foire.

Garin étant (par chance) un garçon, il put s'informer :

– Qu'est-ce que c'est ?

– Une lettre de foire. C'est comme de l'argent, et ça nous évite de transporter de grosses sommes. Cette lettre-ci m'a été remise à Bar par un tailleur. Lis.

Garin déplia le parchemin. Le cachet de cire jaune qui retenait le ruban était orné d'un sceau représentant un bouclier rayé de trois bandes transversales.

– Voyons… « Gui de Seuranne s'engage à verser à Jehan Chapuis, tailleur, en paiement d'un lot de vêtements de corps et de chausses achetés à la foire de Lagny, la somme de quatre cents livres. Cette somme sera payable à la foire de Bar trois jours avant qu'on crie hare hare. »

« Hare hare ! » Pas « areuh areuh » ! Garin éclata de rire.

– Il y a quelque chose de drôle ? demanda le drapier.

– Du tout. Mais le billet n'est pas à votre nom, et payable à Bar, pas ici.

– Il a été endossé, regarde au verso.

Au dos, il était écrit : « Donné à Gilbert de la Pisserote en règlement d'une balle de drap de Châlons et payable à la foire de Provins dans les mêmes conditions. »

– Donc trois jours avant areuh areuh, nota Garin. Si je comprends bien, cette lettre peut circuler de main en main.

– Comme de l'argent, je te l'ai dit. Et le paiement est garanti par le garde des foires, car il a contresigné. Lis plus bas.

– « Lettres scellées de notre propre sceau à Lagny le jour de la mi-carême, l'an de grâce mil trois cent cinquante-sept. Signé : Maître Chrestien de Froid-Mantel. »

Les yeux du drapier s'agrandirent.

– Comment dis-tu que c'est signé ?

– Chrestien de Froid-Mantel.

– Tu ne sais pas lire ou quoi ? Le garde de Lagny ne s'appelle pas ainsi !

– Dommage pour lui, remarqua Garin. C'est un joli nom.

Une voix venant de derrière les interrompit :

– Fais voir ça.

Le garde des foires venait d'entrer. Il se saisit du document.

– Chrestien de Froid-Mantel, c'est bien ce qui est écrit.

Le drapier blêmit.

– Qu'est-ce que... Qu'est-ce que... ?

– Cette lettre est un faux, lâcha maître Maquart. Je pourrais vous accuser de l'avoir rédigée vous-même, messire Gilbert.

– Je... je n'y suis pour rien ! J'ignorais qu'il s'agissait d'un faux !

– Exact, confirma Garin. Sinon il ne me l'aurait pas fait lire à voix haute.

Le garde des foires lui jeta un regard.

– Tu ne m'as pas dit ton nom, toi.

– Euh... Garin Trousselettre.

– Mais... Mais..., s'affola messire Gilbert, il faut diligenter immédiatement une enquête. Je vais aller voir le maire de cette ville. C'est un ami et...

– Le maire ? intervint Maquart. Il n'y en a plus. Les clefs de la ville sont aujourd'hui entre les mains d'un gouverneur au service du roi.

– Oh mon Dieu, mon Dieu !

– Calmez-vous, messire Gilbert, je vous connais et ne vous crois pas coupable.

– Mais si ce Chrestien n'existe pas, gémit le drapier, cette lettre n'est garantie par personne !

– Ça non, confirma le garde des foires sans état d'âme.

– Alors, elle n'a plus aucune valeur ! Mon Dieu, que faire ?

– En faire votre deuil, je le crains, émit Garin.

– Oui, eh bien, quand j'aurai besoin de ton avis, je te le demanderai. Tu imagines ce que c'est que de perdre quatre cents livres ! Quatre cents !

– J'ai un peu de mal. Est-ce comme quand je me fais voler quarante deniers ?

Le drapier le considéra d'un air offensé, tandis que le visage de maître Maquart, lui, s'éclairait d'une lueur amusée.

– Garin..., prononça-t-il enfin comme pour être sûr de s'en souvenir. Il n'est pas impossible que j'aie besoin de toi.

Et il sortit sans rien ajouter.

Garin le regarda s'éloigner. Travailler pour un garde des foires, voilà qui arrangerait bien ses finances ! Il avait déjà oublié cette affaire de fausse lettre de foire.

Il avait tort.

9
Areuh areuh

Garin se réveilla un peu coincé. Il était couché dans le coffre à linge !

Ah oui, il se rappelait. La petite bourgeoise avait pris ses aises dans le lit et, deux fois, il s'était retrouvé par terre. Il avait fini par s'installer ici avec son sac comme oreiller et son manteau comme couverture. Il s'en moquait, il était capable de dormir le derrière dans un seau d'eau.

– Tu pouvais rester sur le matelas, remarqua Pétronille en le voyant émerger, j'avais payé pour deux places.

– Merci, mais on n'avait rien à ranger dans ce coffre, et il n'est pas habitué à la solitude. Il avait peur tout seul dans le noir. Tu sors déjà ?

– Je vais surveiller le Normand. Je me méfie de lui. Il est capable de vendre Diablat au premier qui passe.

– La foire n'ouvre que ce soir, il ne peut pas le vendre avant. Et puis, vu le spectacle que ton cheval a donné au pont-levis, personne ne voudra l'acheter.

Pétronille eut un geste de prudence et quitta la pièce.

Bon… Garin se leva, se mit en train en brassant sa cotte qui trempait depuis la veille avec les plumes de poussin, et la sortit de l'eau. Ça semblait propre. Il la mit à sécher à la fenêtre et descendit. Il faisait soleil, son surcot lui suffirait.

Il croisa à la porte le borgne qui rentrait avec un plein seau de pétales de rose. Un « tireur de tiroirs » était-il un arracheur de pétales ?

Il y avait du monde partout. On préparait les étals, on installait des pavois aux fenêtres, c'était la fête.

– *Au bout, par-deçà regrattiers*
Trouvai barbiers et cervoisiers
Taverniers, et puis tapissiers
Assez près d'eux sont les meuniers.

Tiens ! Artus le jongleur !

– Tout va bien, l'Élégant ?

– Fort bien, messire le scribe.

À la côte du grand chemin
Est la foire du parchemin.
Et ensuite trouvai les pourpoints
Juste après, rencontrai Garin.

J'y pense, pourrais-tu m'aider à dresser mes tréteaux ?

Des tréteaux, voilà ce qu'il avait dans son chariot !

– Tu donnes donc des spectacles ? J'adore ça. C'est d'accord, je te donne un coup de main. Mon maître n'est pas d'humeur à éduquer les filles pour l'instant.

Eh ! Près de l'église de la place des Changes, il y avait une carriole qu'il reconnaissait. Héloïse et sa mère-grand. Attention, cette fois. Pas question de se laisser embobiner.

– Tiens, mon mignon gentilhomme !

– Pour vous servir, fit Garin en s'inclinant avec cérémonie, mais pas pour vous nourrir.

– Tu ne veux pas connaître ton avenir ?

– Non merci, garde tes prédictions. Tu m'as déjà annoncé un problème avec un cheval, et celui-ci m'a causé tout au plus de la distraction.

– Il était quand même bien question de cheval, nota Héloïse.

– N'écoute pas cette sorcière, prévint Artus. Elle te souffle le chaud et le froid, et tu te retrouves ruiné.

– Toi, le bouffon, répliqua Héloïse, mêle-toi de tes bouffonneries.

Mais son ton était plutôt amical, et le jongleur répondit par un grand rire. Sans doute se connaissaient-ils depuis longtemps. D'ailleurs, leurs mules mâchonnaient le foin de concert en discutant comme de vieilles copines.

– Mère-grand ne se trompe jamais, affirma la jeune fille. Ton histoire avec le cheval n'est peut-être pas finie.

Garin l'arrêta d'un geste de la main :

– Ne dis rien de plus. Cette fois, mère-grand ne m'aura pas. Elle peut rester dormir.

– Elle ne dort pas, remarqua Héloïse en s'approchant de la carriole pour entrouvrir la toile. (Un silence.) Et elle te fait prévenir de te méfier du rouge.

– Pourquoi ?

Ahi ! Le niais ! Il avait posé une question. La main d'Héloïse se tendit. Il y glissa en soupirant les deux deniers logés dans sa ceinture. Le pire, c'est qu'il eut la réponse :

– Parce que le rouge peut causer ta mort.

Crédiou ! Le rouge était la couleur de cette ville, celle des roseraies ! Il protesta :

– Tu dis n'importe quoi. Mère-grand ignore quel jour je suis né, elle n'a regardé ni dans le ciel ni dans l'eau, ni rien, comment pourrait-elle voir mon avenir ?

– Mère-grand n'a pas besoin de ces artifices. Elle décèle ton destin rien qu'aux mouvements de tes yeux.

– Aux mouv…

Il fut interrompu par une sonnerie de trompe.

– Oyez, oyez ! Pierre le Lorrain, serrurier, condamné pour avoir fait de fausses clés afin de voler le blé du couvent. Oyez, oyez !

Mauvais présage. Un nouveau prisonnier qu'on menait au pilori.

– Déchargeons mes planches, proposa le jongleur sans se mêler à la foule des curieux qui suivait le condamné en le huant.

Les tréteaux montés, Garin fila vers le marché aux chevaux. Pétronille y était toujours, assise sur la margelle du puits, à regarder Diablat brouter paisiblement.

Elle ne voulut pas bouger, Garin rentra donc seul à la chambre pour enfiler sa cotte.

Crédiou, la tache y était toujours ! Il coinça le vêtement sous son bras et redescendit.

– Combien prendriez-vous pour me laver cette cotte ? demanda-t-il à la servante penchée sur le comptoir.

Elle broyait du sucre avec des pétales de roses… rouges !

– Euh…, fit-il, impressionné, vous vous servez de roses pour la lessive ?

Elle éclata de rire.

– Au prix où qu'elles sont ? Des roses de Provins ! Que c'est le comte Thibaut le Chansonnier qui nous les a rapportées des croisades !

– Excusez-moi (Garin salua les roses d'un grand mouvement de chapeau), j'ignorais ces titres de noblesse. Vous allez donc les enfermer dans la salle du trésor.

– Mais qu'est-ce qu'il dit ? s'amusa la servante. Je vais en faire un sirop pour désopiler le foie.

– Quel absence de poésie !

– Peut-être. Et pour votre cotte, tout pareil. Ça fera trois deniers.

Effectivement, ce n'était pas très poétique non plus, mais l'essentiel était de ne pas se retrouver avec une cotte rouge.

Pétronille ne réapparut qu'en fin d'après-midi. Il avait vu juste, personne ne s'était même renseigné sur le prix de Diablat, et le Normand n'osait plus le frapper.

Ce qu'il n'avait pas prévu, en revanche, c'était que la nouvelle robe qu'arborerait la damoiselle serait… rouge !

– Je ne l'ai payée que cinq cents deniers, indiqua-t-elle.

Cinq cents deniers ! Avec ça, il s'habillait chez le fripier pendant trois ans.

– *Marchands s'en vont de par le monde*
Diverses choses acheter
Quand reviennent de marchander
Ils font maçonner leur maison,
Mandent plâtriers et maçons
Aussi couvreurs et charpentiers.

Artus arrivait sur la rue, suivi par une foule endimanchée qui chantait avec lui *Le Dit des marchands*. Pétronille et Garin se joignirent à elle.

Ils remontèrent ainsi jusqu'à la place des Changes et le parvis de l'église Saint-Thibault où le jongleur avait ses tréteaux. Là, Artus bondit sur l'estrade, joua une dernière fois le refrain et annonça un spectacle « merveilleux », qui allait « ébahir et remplir de joie : l'histoire de Renart et de Chantecler ».

La foule battit des mains.

Artus commença alors à mimer Renart apercevant le coq Chantecler perché sur le haut de son enclos, et le trouvant fort appétissant. Il fit le renard avec une voix nasale :

– « Je me souviens de ton père. Jamais coq ne chanta aussi bien que lui. »

Puis il prit une voix de tête pour imiter le malheureux coq qui, voulant montrer qu'il chantait tout aussi bien que son père, s'étranglait dans les aigus.

La foule gloussait joyeusement pour accompagner ses vocalises.

– « Non non, protestait Renart, ton père chantait beaucoup mieux ! Je pense que c'est parce qu'il chantait les yeux fermés. »

Tout le monde hurla d'excitation quand Chantecler se laissait convaincre de fermer les yeux pour chanter et que Renart en profitait pour lui sauter dessus. Artus fit alors participer la foule pour jouer les paysannes insultant le voleur de coq. Chacun criait ce qui lui passait par la tête : « Affreux goupil, Renart le Roux », « Sale voleur », « Lâche ce coq ». C'était une cacophonie incroyable. Artus savait mettre de l'ambiance, ça oui.

Enfin, recroquevillé sur lui-même, il joua le coq coincé dans la gueule de son bourreau et qui disait de sa voix de fausset :

– « Tu te laisses insulter par ces valets ? Tu n'as donc pas de fierté ! À ta place, je leur répondrais que je me moque de leur avis. »

Il redevint aussitôt Renart marchant tout fier avec sa proie, et qui répliquait aux braillards :

– « Braillez toujours, ce coq est à moi ! »

Aaaaah ! Chantecler en profitait pour s'envoler dans un grand battement d'ailes que la foule se chargea d'imiter.

Tout le monde riait, même Pétronille.

Après ça, Artus passa avec son grand chapeau pour recueillir les piécettes avant que les spectateurs ne courent à une autre distraction. Car on entendait déjà les cornemuses et les vièles annonçant le défilé du guet, c'est-à-dire des bourgeois qui assureraient la garde de nuit pendant la foire.

La musique des ménestrels se rapprocha, des torches éclairèrent le soir et les trente-trois bourgeois du guet apparurent, armés du bâton de leur fonction. La rue se remplit de monde, on applaudit et on se joignit au cortège.

À la lueur des torches, on fit le tour complet de la ville, jusqu'à revenir sur la place. Alors le héraut en habit rutilant monta sur la pierre qui supportait la croix, sonna un grand coup de trompe et cria :

– Areuh, areuh…

Enfin… :

– Hare ! Hare de foire ! Foire au drap et à l'avoir-du-poids[1] !

Puis tous les hommes du guet se précipitèrent chez les marchands se faire offrir à boire.

Sans perdre un instant, Pétronille fendit la foule et déclara à Simonet le Normand :

– J'achète le cheval noir.

– Les ventes ne commencent que demain, grinça le maquignon.

Il avait le visage rouge d'avoir crié et ri, et Garin lui trouva une expression roublarde qui ne lui plut pas. Pétronille allait se faire avoir, c'était couru d'avance.

1. Marchandises qui se vendent au poids.

10
La traîtrise

À l'aube, c'est la cloche sonnant l'ouverture de la foire qui réveilla Garin. Pétronille n'était déjà plus là. Il sauta dans ses souliers et sortit.

Il y avait déjà une sacrée animation dans les rues. Les acheteurs arrivaient de partout pour voir les tissus, la laine, la cire, les épices, l'or, le grain… Des cuisines ambulantes répandaient de bonnes odeurs, et on mettait en perce de gros tonneaux dans les tavernes.

Garin arriva au cours aux chevaux à l'instant où le maquignon soupesait la bourse bleue en déclarant :

– Le prix, c'est deux cents livres.

Scandalisée, Pétronille s'exclama :

– On avait dit cent ! Et vous ne l'avez acheté que cinquante !

– Les prix montent. Deux cents livres, pas une de moins. Quarante-huit mille deniers, si tu préfères.

C'était prévisible. Pétronille avait trop insisté, le maquignon en profitait. D'ailleurs, objectivement ce cheval les valait. Garin intervint néanmoins :

– Personne ne vous l'achètera à ce prix. À quoi servirait un cheval de selle qui ne se laisse pas monter ?

– Tatata. Vendre des chevaux est mon métier, et je sais

m'y prendre avec eux. La preuve : il s'est calmé. Regardez-le.

Il se tourna vers Diablat qui, paisible, attendait en retrait.

– Quelle insolence ! s'exclama Pétronille avec colère.

Et elle serra les lèvres pour s'empêcher d'en dire plus.

Son expression hautaine de bourgeoise habituée à être obéie ne pouvait qu'aggraver les choses. Garin compta mentalement qu'elle avait dépensé entre hôtel, robe et repas environ quatre livres et proposa :

– Cent quatre-vingt-seize livres, et vous faites une bonne aff…

– Deux cents. Il est magnifique, je n'aurai aucun mal à le vendre. Surtout un cheval noir… Je vais voir arriver toute la noblesse du coin.

Pétronille reprit rageusement sa bourse et, la mâchoire crispée, tourna les talons.

Garin la suivit et l'arrêta par le bras :

– Pourquoi ne pas avouer que ce cheval t'a appartenu et qu'il ne s'est calmé que grâce à ta présence ?

– Ça te regarde ?

– Bon. Écoute, tu as tes affaires, et moi les miennes. Alors tu rentres chez toi, et je vais mon chemin.

Le visage toujours fermé, elle se détourna.

Crédiou, elle ne rentrerait pas chez elle sans Diablat, c'était certain. Et elle était capable de commettre des imprudences. Voler le cheval, ou n'importe quoi d'autre. Et se retrouver avec les deux oreilles en moins.

Sainte Clémence, donnez-moi la clémence.

Garin prit sur lui pour suggérer :

– Le mieux est de ne pas s'approcher de Diablat pendant quelques jours.

Il s'aperçut que des larmes roulaient sur ses joues. Elle les essuya en vitesse et, feignant de n'avoir rien vu, il poursuivit :

– Comme ça, il redeviendra insupportable, et le maquignon ne pourra pas le vendre.

Elle tourna les yeux vers lui, et il y lut de l'intérêt.

– Ce sera dur, répondit-elle enfin.

– Mais c'est la seule solution.

Ils avancèrent un moment en silence, puis Pétronille déclara :

– Il faut que je gagne l'argent qui me manque.

– De quelle façon ?

– J'ai mon idée.

Son visage s'était animé, et elle accéléra l'allure. Intrigué, Garin suivit.

Comment ça, « curiosité » ? Je dois veiller sur ma cousine, non ?

Elle se dirigeait vers la halle au drap, et plus précisément vers Gilbert de la Pisserote qui disposait des tissus rayés sur son étal.

– Maître Gilbert, pouvez-vous m'employer pour vendre le drap ?

– Ma foi… (Le drapier en était tout surpris.) Ce n'est pas un travail de fillette.

Froissée, Pétronille ressortit sur la rue et appela à la cantonade :

– Messires, belles dames ! Vous avez la chance immense de découvrir enfin dans votre bonne ville de Provins l'incomparable drap de Châlons. Et ici même se trouve le plus solide et le plus beau, celui que vous propose le plus intransigeant des drapiers. L'homme réputé de par le monde pour ne traiter que la meilleure laine, venant des meilleurs moutons, élevés par les meilleurs bergers. Elle est filée par les meilleures fileuses, qui chantent en travaillant les plus jolies chansons. Elle est tissée par les plus nobles tisserands, qui peuvent marcher la tête haute, et que chacun salue avec respect.

La foule s'arrêta pour écouter son baratin puis, piquée par la curiosité, pénétra dans la halle.

– Ta cousine manque d'éducation, souffla Gilbert en gagnant en vitesse son étal, mais elle semble efficace.

Et il prit en main les chalands qui s'approchaient.

Garin ne put s'empêcher de rire. Il s'installa sur un coin de table pour recopier sur parchemin le manuel d'éducation. Heureusement que Pétronille n'appliquait aucune de ces règles, sinon c'était fichu pour son cheval !

Quand les premiers chalands se dispersèrent, le drapier soupira :

– J'aurai du mal à me remettre de la perte engendrée par cette maudite fausse lettre, mais les ventes démarrent bien.

– Grâce à moi, observa Pétronille. Vous me donnerez cinq cents deniers par jour pour ce travail.

Le drapier la contempla d'un air sidéré, puis il s'esclaffa.

– Cinq cents deniers !

Il se tapait sur la cuisse, ne pouvant plus s'arrêter de rire. Il glissa entre deux hoquets :

– Si je t'emploie, ah, ah, ah !... ce sera vingt deniers pour la journée. Ah, ah, ah !

Pétronille regarda Garin avec des yeux scandalisés. Hélas, il n'y avait rien à redire.

– Eh bien, gardez-le, votre argent, s'emporta-t-elle. Je vais m'employer ailleurs.

Le scribe planta là ses écritures et la rattrapa.

– Pétronille, si tu voulais gagner ta vie comme le premier conseiller du roi, il fallait être premier conseiller du roi !

– Quoi ? Tu trouves que vingt deniers, c'est normal ? Combien faudrait-il de jours de travail pour payer Diablat ? Ou juste une robe comme celle-ci ?

– Quand tu es servante, ironisa Garin, tu n'as même pas l'idée que tu pourrais les acheter.

Elle le fixa d'un air incertain.

– Je vais négocier trente deniers, décréta-t-elle finalement.

Garin ne put s'empêcher de sourire en la voyant rentrer dans la halle. Saint Firmin, donnez-lui un coup de main.

N'empêche. Sur vingt ou trente deniers par jour, elle n'économiserait pas grand-chose. Comment regagner les quatre mille deniers qui manquaient ?

Il faudrait qu'il l'aide, les travaux d'écriture étaient mieux payés.

En tout cas, plus question de loyer de deux cents deniers par jour, il allait de ce pas reprendre ses affaires chez le tisserand.

– Ah merci bien ! l'apostropha la servante au moment où il entrait. Votre tache, je n'en suis pas venue à bout. C'est une tache de quoi ?

– Une tache de…

« Curiosité », lui souffla saint Garin.

– Je n'en sais rien.

– Et je ne suis pas une incapable. Regardez la robe bleue que votre cousine m'avait donnée à laver, je la lui rends propre !

Une cliente s'en mêla :

– Une tache comme ça, il faut la faire tremper dans du pissat de cheval.

Du pissat de cheval ! Baaah…

Garin reprit cotte sale et robe propre et monta chercher son sac.

Quand il redescendit, la servante concassait des noix de galle. Frappé par une idée, il s'informa :

– Qu'est-ce que vous allez en faire ?

– Les mêler à du sel de fer pour teindre les draps, tiens !

– J'en ai besoin pour fabriquer mon encre. Vous pourriez m'en donner quelques-unes ?

– Donner… donner…

– En échange, je vous laisse les deniers censés payer le nettoyage de ma cotte.

La servante jeta un regard méfiant vers son maître, le tisserand, puis glissa discrètement dans le sac de Garin une poignée de noix concassées.

Parfait. Sauf qu'il n'avait aucune intention d'en faire de l'encre. Il ressortit.

– Seigneurs, venez vous baigner et étuver sans plus attendre, braillait un homme, les bains sont chauds !

– Tu viens aux bains ? proposa Artus qui remontait la rue.

– Euh… Ce n'est peut-être pas le moment. J'ai quelques problèmes financiers.

– Je t'invite. Tu m'as aidé hier, pour mes tréteaux, et la recette a été bonne.

Bah ! *Profite de la grâce qui passe*, telle était sa devise.

11
Le tireur de tiroirs

Dans la ville basse, à l'entrée de la rue qui longeait la rivière, le patron des bains confirmait à grands cris :

– Bains chauds ! Bains chauds ! en accompagnant ces mots de grands mouvements de bras pour indiquer le chemin d'une belle maison carrée bâtie un peu en retrait.

Dans la cour, une servante reprenait en écho :

– Venez vous étuver ! Venez vous étuver !

À peine eurent-ils passé la porte voûtée, qu'Artus et Garin furent arrêtés par la patronne qui trônait comme une reine derrière son comptoir :

– Montrez vos mains et vos pieds.

– On paie à l'épaisseur de la crasse ? plaisanta Garin en se déchaussant.

Mais la dame n'avait aucun sens de l'humour. Elle décréta :

– Vous êtes étrangers, et je ne veux pas de lépreux dans mon établissement.

Après vérification, ils eurent le droit de renfiler leurs pieds dans leurs chaussures béantes tandis qu'elle annonçait les prix. Ils choisirent la baignoire collective, sans bain de vapeur préalable. Artus paya les huit deniers et Garin se fendit d'un de plus pour la location d'une serviette.

Pour le savon, ce fut vite réglé : ils ne prirent ni du gaulois, ni du juif, ni du sarrasin, se contentant de la saponaire[1] que le scribe avait toujours dans son sac et qui moussait ma foi fort bien.

– Luxueux ! s'exclama Artus en entrant dans la salle des bains.

Tous les chapiteaux des colonnes soutenant les hautes voûtes de pierre étaient sculptés. Autour de la pièce, les baignoires individuelles occupaient chacune sa propre alcôve gardée par une statue. La grande cuve centrale, habillée d'un drap bien blanc, fumait délicieusement.

Ils déposèrent leurs vêtements dans une cabine et se glissèrent dans l'eau.

– Alors, ce problème financier ? demanda Artus en se savonnant.

– Il faut que je trouve du travail. Pétronille veut acheter un cheval, et il lui manque de l'argent.

– En quoi cela te concerne-t-il ?

– C'est ma cousine.

– Ne me fais pas croire ça. Tu es un coureur de grand chemin, et elle une riche bourgeoise, ça se voit au premier coup d'œil.

– C'est que tu ne me connais pas, protesta Garin. Mon père est notaire particulier du dauphin Charles[2]. Je devais prendre sa suite, mais j'ai appris qu'on aurait bientôt à rédiger l'ordre de prélever un nouvel impôt pour payer la rançon du roi. J'ai eu peur que cette cruelle responsabilité ne tombe sur moi et j'ai dit adieu à la cour.

Artus rit. Il n'en croyait pas un mot. En commençant à s'arracher les poils sous les bras, il reprit :

1. Plante.
2. À la tête du royaume pendant que son père Jean II était prisonnier.

– Pourquoi fais-tu ça pour elle ?

– Bah ! Si on ne s'en tient qu'au raisonnable, la vie manque de sel. Et toi pourquoi te fais-tu souffrir ?

– Par pur intérêt personnel. Aïe ! Pour plaire aux filles. Ouille ! Elles n'aiment pas les odeurs de sueur. (Il appela.) Barbier ! Une cuvette de vin à l'eau de rose !

Tandis que le barbier de salle s'éclipsait, Artus commenta :

– Ça parfume et adoucit. Je te conseille aussi le jus de bette contre les pellicules et les feuilles de noyer et de chêne pour rendre les cheveux plus beaux. Rien de tel pour séduire les filles.

– Moi, contra Garin, je te propose des conseils encore plus utiles : la manière de les choisir.

– Je les aime minces et souples comme le roseau.

– Je te parle de choses sérieuses, Artus. Saurais-tu comment choisir ta femme ?

Le jongleur eut un rictus amusé.

Va, tu m'intéresses…

– Tu prends ta feuille de noyer et ta feuille de chêne et, au lieu de t'en faire une potion, tu les poses par terre et tu dis à la fille de sauter de l'une à l'autre. Si elle le fait sans protester, c'est la bonne.

– Allons donc ? Et pourquoi ?

– Parce que la qualité essentielle d'une femme est d'être…

– Souple ? proposa le jongleur. Légère ? Adroite ?

– Nullement, mon pauvre ami. (Garin prit la voix du drapier.) La principale qualité d'une femme est d'être *o-bé-i-ssante*.

– Vous avez bien raison, déclara le borgne qui entrait à son tour dans le bain. (Le tireur de tiroirs !) J'en connais un, que sa femme est tellement dissipée, toujours à bavarder avec les voisines au lieu de travailler, qu'il lui a écrit sur un parchemin tout ce qu'elle doit faire et pas. Si je savais écrire, je ferais bien pareil pour la mienne.

Garin en profita :

– Je peux écrire pour vous.

L'homme réfléchit.

– Pour que ça vaille, y faudrait imiter une lettre de foire.

– Les lettres de foire, ça me connaît. Qu'est-ce qu'elle dirait, cette lettre ?

– Euh… « Babelon (c'est le nom de ma femme) s'engage à… à servir Haganon, tireur de tiroirs, en remerciement de l'avoir épousée. »

– Haganon et Babelon ! commenta le jongleur. On croirait le titre d'une farce.

– Ne trouble pas mes clients, gronda Garin. Vous disiez donc, messire ?

– Après, euh…

Garin l'aida :

– Une lettre de foire se poursuivrait par : « Ce service est payable… » À quel moment ?

– Chaque jour, bien sûr, dès que le coq a chanté. Alors disons… « Premièrement, se lever, préparer la bouillie pour son mari et ses enfants et, pendant qu'elle chauffe, pétrir le pain. Deuxièmement, pendant que la pâte lève, donner à manger à sa famille, gratter le chaudron et le remettre sur le feu avec de l'eau mêlée de cendres pour la lessive. Puis pétrir de nouveau le pain. Mettre à profit le temps où la pâte gonfle pour glisser le linge dans le chaudron. Enfourner la pâte et, là, emporter le linge à rincer à la rivière. » J'ai bien réfléchi, vous voyez. Une pareille organisation, c'est pas facile.

– Votre organisation est PAR-FAITE, assura Artus.

– Pour plus de sûreté, renchérit Garin, on y apposerait le sceau des foires.

– Ou au moins on l'imiterait, ajouta le jongleur. Est-ce qu'une patte de coq ferait l'affaire ?

L'homme fronça les sourcils puis, frappé par une idée, il souffla :

– Corbleu ! Faudrait encore qu'elle sache lire !

– Ah là, pouffa Artus, ça se complique.

– Vous pourriez exiger qu'elle apprenne, proposa Garin.

– Mais ça y perdrait du temps pour le travail !

– Vous avez donc tant de choses à lui faire faire, messire le tireur de tiroirs ?

– Repousser les tiroirs ? suggéra Artus.

– Retirer les poussoirs. Mouiller les séchoirs, vider les urinoirs, s'emballa Garin.

– Chauffer les chauffoirs, laver les lavoirs, mirer les miroirs, raser les rasoirs ?

Le tireur s'empourpra. Agrippant d'une main les braies[1] trempées qui menaçaient de lui tomber aux pieds, il sortit du bain en inondant le pavement autour de lui et quitta la pièce en claquant la porte.

Artus et Garin riaient encore des percheurs de perchoirs, batteurs de battoirs et hacheurs de hachoirs, quand trois femmes arrivèrent pour partager leur bain. Ils préférèrent changer de conversation et débattre des mérites réciproques de l'os de seiche écrasé ou du corail en poudre pour se blanchir les dents.

Puis, tandis que le jongleur se faisait raser, Garin alla chercher sa gourde pour la plonger dans l'eau.

– Que faites-vous donc ? s'étonna une baigneuse.

Honte à elle pour sa question : encore une femme à ne pas épouser ! Et honte à lui : il mentit.

– Je récupère de l'eau chaude pour fabriquer mon encre.

Et il fit glisser à leur tour dans la gourde ses noix de galle écrasées.

1. Sorte de caleçon.

En quittant les bains, les deux compères se firent harponner par la patronne :

– Dites donc, vous deux, un baigneur s'est plaint de vous. Il a demandé à se faire rembourser.

– Un baign… Ah ! Le fermeur de fermoirs ?

Garin explosa de rire :

– N'était-ce pas un égoutteur d'égouttoirs ?

– Riez, riez… ! Il travaille aux tiroirs de la rue Ozo (elle eut un geste de la main, comme pour dire que ça se trouvait tout près) et, si vous passez devant, je vous conseille de vous méfier.

– « Le tiroir de la rue Ozo » ! s'esclaffa de plus belle le jongleur.

Exaspérée, la patronne appela son époux :

– Mets-moi dehors ces fouteurs de foutoir.

Pliés en deux, Artus et Garin ressortirent sans attendre le seigneur des baignoires.

Crédiou, rire faisait du bien !

Un peu calmés par l'air frais du dehors, ils descendirent dans la direction indiquée par la comtesse du comptoir. Ils franchirent le Pont-au-Poisson et découvrirent une rue le long de laquelle étaient accrochés des chapelets d'ail. Ah ! La rue « aux Aulx » !

Se laissant tomber à l'abri du parapet, ils se remirent à rire à gorge déployée. Enfin ils glissèrent un regard pour observer le borgne qui, assis dans une guérite au bout d'un champ, veillait sur… trois longs étendoirs à draps. C'était ça les « tiroirs » ?

Levant un doigt didactique, Garin déclara :

– Voilà le pot aux roses : le tireur s'en tire en tirant la tiretaine[1] sur les tiroirs.

1. Étoffe grossière.

– Inutile de s’attirer un tir de son attirail, chuchota le jongleur en désignant l’arbalète appuyée à la guérite.

En revanche, il était déjà trop tard pour ne pas s’attirer la rancœur du tireur. Seulement ils ne le savaient pas.

12
Le sourire du cheval

– Au fait, déclara Artus comme ils arrivaient sur la place, si tu cherches du travail, j'en ai pour toi. Il faudrait me retranscrire une farce dont je viens d'avoir l'idée. (Il fouilla dans sa carriole à bras et en sortit des tablettes de cire.) Tu écris mieux que moi. Ça s'appellera *La Farce du*… (Artus réfléchit) *du tourneur de tournois*[1]. Les personnages sont Haga… oui.

– Et Babe… court !

– Tout juste.

Ils rirent.

– Et qu'est-ce que ça racontera ? s'intéressa Garin.

– Ah, Ah… ! fit l'Élégant, l'air de s'en réjouir d'avance.

– Alors, les damoiseaux, les interpella Héloïse, quel mauvais coup préparez-vous ?

– Un nouveau spectacle pour ce soir, répliqua Artus. Mon imagination, je m'en sers honnêtement, moi, et non pour soutirer des deniers aux crédules avec des prédictions hasardeuses.

– Tu ne fais commerce que de vent, se récria Héloïse.

1. Denier tournois, monnaie originaire de Tours, très répandue.

– Au moins je distille de la gaieté et non de l'angoisse.

L'attention de Garin fut attirée par une tache rouge. Il tourna la tête. La robe neuve de Pétronille !

Seulement, elle était portée par une fille qu'il ne connaissait pas. Laissant Artus réfléchir à son texte, il fila vers la halle au drap.

– Et vous avez un choix de couleurs saines et solides ! vantait la voix de Pétronille.

Elle travaillait finalement pour le drapier ! Elle avait du cran, tout de même, pour une fille élevée dans la soie. Il remarqua qu'elle avait remplacé son bandeau par un foulard et lui trouva quelque chose de bizarre mais, sur le moment, il ne sut pas quoi.

– Ah ! Garin ! s'exclama messire Gilbert. Elle se débrouille bien, ta cousine. (Il baissa le ton.) Aussi, je lui ai fait de meilleures conditions. En plus de son salaire, elle est nourrie et logée avec les servantes de l'hôtel.

Voilà un problème réglé. La qualité de sa paillasse ne serait sans doute pas à la hauteur de la hauteur de Pétronille, cependant elle faisait ses choix.

– Et vos écritures ? demanda-t-il.

– Je n'ai pas le temps pour l'instant, nous reprendrons quand le marché sera plus calme.

Ça tombait mal. Que Pétronille ait du travail et lui pas n'arrangeait guère leurs affaires, et la rédaction du *Tourneur de tournois* ne ferait sûrement pas sa fortune. Il la rejoignit.

– Tu as revendu ta robe rouge ?

– Un bon prix. J'ai profité que j'étais marchande. J'ai récupéré mes cinq cents deniers. En plus, j'en ai gagné deux cents autres.

– De quelle manière ?

Garin la considéra avec suspicion.

– Crédiou, s'ébahit-il enfin, qu'est-ce que tu as fait de tes cheveux ?

Ils n'étaient pas ramassés dans le foulard, ils étaient coupés.

– Je les ai vendus, répliqua-t-elle.

Il en resta sidéré. Incroyable, ce dont elle était capable pour ce cheval !

Elle poursuivit dans un chuchotement :

– J'aimerais bien que tu ailles voir là-bas comment ça se passe.

En plus, elle était en gros progrès, elle ne donnait plus d'ordres. Du coup, Garin obtempéra.

Sur le cours aux chevaux, un maquignon faisait l'article pour un cheval de labour :

– Croupe large, queue drue et bien attachée aux fesses. Regardez, on ne peut pas la soulever.

Garin feignit de s'y intéresser pour mieux observer Diablat qui marchait de long en large d'un pas nerveux, en soufflant fort par les naseaux.

– Il a toutes les qualités, poursuivait le marchand. Celles du renard : les oreilles courtes et droites. Celles du lièvre : la tête fine et la vivacité. Celles du bœuf : hanches larges et grands yeux saillants. Celles de l'âne : bon pied et bon caractère. Celles de la jeune fille : beau crin et large croupe.

Garin plaqua sa main sur sa bouche pour étouffer son rire. Le jongleur, le drapier et le maquignon n'avaient vraiment pas la même vision de la femme idéale !

Il se demandait quel était le sien, d'idéal, quand Simonet le Normand l'interpella :

– Qu'est-ce que tu fais là ? Tu viens acheter le noir ?

– Oh que non, il est trop cher. Surtout un cheval aussi imprévisible. Je venais vous proposer… d'écrire un manuel de conseils pour l'achat d'un cheval.

– Tu es un drôle, toi. Si le chaland sait comment choisir, il ne se laissera pas avoir.

– Ou alors je pourrais tenir vos comptes.

– Pas besoin d'écritures, tout est là-dedans, répliqua le marchand en montrant son front. Mais si tu veux gagner un denier, surveille les chevaux le temps que j'aille m'acheter à manger.

Parfait. Garin s'assit sur la barrière, comme s'il s'apprêtait à gagner son denier à la sueur de ses yeux. Il attendit que le maquignon disparaisse et se retourna.

Ahi ! Le cheval noir était juste derrière lui et le regardait fixement.

– Ce n'est que moi, se défendit-il en descendant de son perchoir. Je suis un copain de Pétronille, tu me remets ?

Il eut l'impression que oui.

– C'est combien, pour ce cheval ? lança une voix.

Crédiou, ça commençait ! Un nouveau venu qui n'avait pas assisté à l'entrée de Diablat en ville !

– Il n'est pas à vendre, répliqua Garin, il est malade, il a… des ganglions derrière la mâchoire et on ne connaît pas de remèdes.

– Des remèdes pour les ganglions ? Il y en a. Il faut lui réciter trois « Notre Père », puis prononcer trois fois « abgla, abgli, alphara, asy », et recommencer le tout trois fois.

Ahi ! Quelle malchance ! L'amateur reprit :

– Tu le vends combien, cet animal ?

– Cinq cents livres.

– Cinq cents ? s'ébahit l'autre.

– Il les vaut. Personne n'a jamais pu le monter ni l'atteler, ce qui fait qu'on ne vous le volera jamais. C'est un sacré avantage, non ?

Le chaland n'eut pas l'air convaincu et passa son chemin. Diablat regardait Garin d'un air pensif.

– Tu ne vas pas me faire la morale, je n'ai menti que pour ton bien !

Et, une nouvelle fois, il eut l'impression que le cheval souriait. C'est ce sourire, d'ailleurs, qui lui avait donné l'idée…

Bon, il fallait agir avant le retour du Normand. Il jugea prudent d'avertir l'animal :

– Je te jure, c'est pour ton bien. Est-ce que tu me referais un sourire ?

Et il avança une main prudente…

On n'avait pas idée de se mettre dans des situations pareilles, surtout quand planait au-dessus de sa tête de fâcheuses prédictions concernant un cheval et du rouge sang !

Garin versa un peu de sa gourde dans le creux de sa main et souleva avec délicatesse la lèvre supérieure du cheval.

– Bon, eh bien, ça ne va pas si mal…

Et lui passa la main sur les dents. Son cœur battait quand même de manière un peu désordonnée.

Saint Éloi, veillez sur moi.

Il recommença l'opération et, là, le cheval grimaça franchement.

Saint Benjamin, protégez mes mains.

La voix de Simonet se rapprochait :

– Vous verrez, c'est un cheval magnifique.

Garin reboucha vite sa gourde et se rassit sur la barrière.

– Je vais le faire marcher devant vous, poursuivait le maquignon. Vous verrez comme il lève les sabots avec légèreté, de manière élégante et régulière, et à la même hauteur. Il a entre six et sept ans, son âge est facile à vérifier, on voit encore la fève[1] sur ses dernières dents.

1. Marque noire en creux existant chez les jeunes sur certaines dents.

Il saisit le cheval noir par la bride et demanda à Garin :

– Ouvre-lui la bouche, qu'on lui voie les dents.

Pardi ! Il évitait de prendre le risque lui-même. Le palefrenier en herbe s'exécuta, et… le maquignon en eut la mâchoire qui lui tomba sur la poitrine.

– Vous vous fichez de moi ? s'emporta le client. Ce cheval est malade, il a les dents toutes noires !

Sidéré, le Normand fixa la bouche du cheval sans un mot.

– Ça alors, souffla-t-il enfin, qu'est-ce qui lui est arrivé ?

– Moi, décréta Garin, je ne connais rien aux chevaux.

Bien. Ils étaient tranquilles au moins jusqu'à ce que la teinture à la noix de galle s'estompe.

Il glissa le denier de son salaire dans sa semelle et s'éloigna. À l'angle de la rue, l'épicier savoyard criait :

– Figues d'Andalousie, amandes de Grenade, poivre de Jérusalem, cumin et sucre du royaume de Maroc !

Merci bien, ce n'était pas pour sa bourse. Il lui fallait encore trouver dans les trois mille trois cents deniers.

13
Le tourneur de tournois

Pour le soir, la farce était au point, et le public nombreux. Artus commença par jouer le récitant qui présentait les personnages, Babecourt et son époux Hagaoui, tourneur de tournois.

Des sourires se dessinèrent sur les visages. On avait reconnu Babelon et Haganon.

– « Vous me direz, pour être tourneur de tournois, il n'est pas nécessaire d'être bien malin. Le travail consiste à faire tourner chaque denier tout frais frappé, pour lui donner l'habitude du mouvement. Sinon, il refuserait de passer de main en main. Il ne voudrait plus quitter son premier propriétaire, ce qui transformerait celui-ci en avare et lui coûterait le paradis. Imaginez le drame ! Vous jugez donc de l'importance de tourner les tournois. »

Il y eut des rires.

– « Ce métier étant très prenant, notre tourneur de tournois (Artus mit un chapeau et ferma un œil pour jouer le rôle) avait pris une épouse pour effectuer chez lui les menus travaux. Hélas, hélas, celle-ci profitait qu'il soit absorbé par ses tournois pour bavarder avec ses voisines ! Mécontent, Hagaoui décida, histoire de dresser sa femme, de dresser la liste des services qu'elle lui devait.

“Écrivez, femme !” (Il changea son chapeau contre une coiffe pour faire Babecourt qui se préparait à noter.) “Se lever au chant du coq, préparer la bouillie pour son mari et ses enfants. Pendant qu’elle chauffe, pétrir le pain…” »

La femme rechignait. Artus reprit le chapeau et l’air martial du mari qui dictait la suite des corvées. Le public s’esclaffait à chaque point de l’énumération.

– « Le lendemain, en quittant la maison, l’homme passe le pont vermoulu et tombe à l’eau. Terrifié, il se met à crier : “Venez à mon secours, Babecourt, je me noie !” (Artus, en coiffe, fait la femme qui sort sur le pas de la porte.) “Attendez, mon ami, je consulte ma liste… Ah, je ne vois là rien qui prévoie cette situation, je n’ai donc rien à faire…” Et la voilà qui tourne le dos et rentre chez elle. »

Tandis qu’au milieu des rires et des cris de joie, le jongleur mimait Hagaoui qui se noyait, Haganon quittait les lieux en grande fureur.

Cela inquiéta un peu Garin, qui le suivit des yeux.

Si tu ne veux pas te faire d’ennemis, évite d’humilier ton prochain, vieux proverbe garinien mis en scène par saint Arsène.

*

Garin se réveilla en éternuant. La rosée matinale humectait les cheveux et les chevaux… dont il voyait luire le poil dans le pré d’en face. Crédiou, dix fois dans la nuit, il avait été réveillé par les rondes du guet. Pas de tout repos, la sécurité !

Pourtant, il avait eu un lit confortable qui, non seulement ne lui avait rien coûté, mais lui avait rapporté : il avait été payé cinq deniers pour dormir sur des sacs de laine qu’on ne pouvait rentrer à l’abri des voleurs pour la nuit.

Une odeur de bouillie lui chatouilla les narines. Simonet faisait de la cuisine dans un chaudron ! Ça le dressa sur ses pieds, et il traversa la rue d'un pas affamé.

– Je prendrais bien un peu de votre bouillie…

– Ça m'étonnerait, grommela le cuisinier. C'est de l'orge pour les chevaux.

Le maquignon voisin ricana :

– De l'orge bouillie avant de leur donner à boire, et ensuite des fèves et du son… Et les chevaux sont en forme pour la vente, hein, Simonet ?

– Quand on triche sur l'âge des bêtes, on gagne le droit de se taire, répliqua le Normand. (Il se tourna vers Garin.) Un denier pour remplir l'abreuvoir.

Un denier, c'était toujours ça. Le scribe-palefrenier se dirigea vers le puits. Et là, il s'aperçut que la rue Saint-Jean était tapissée de roses. Il se réveilla tout à fait. Tapissée de roses rouges ! On était à la fête de l'Ascension.

Il y eut des hurlements côté cours aux chevaux.

– Tenez-le ! Tenez-le !

Tiens, tiens, Diablat faisait encore des siennes. Il virevoltait, lançait des ruades dans tous les sens, trépignait et se dérobait en ricanant quand on voulait l'arrêter.

Garin jeta son seau dans le puits et le remonta tranquillement. Parfait… Parfait… Continue comme ça, mon beau, tu n'es pas près de trouver un acheteur.

Il déversait son dixième seau dans l'abreuvoir quand… Crédiou !

Il se précipita et glissa le seau sous un cheval, qui le remplit aussitôt d'une longue pissée.

Ce n'est qu'au moment où l'animal se fut complètement soulagé que Garin réalisa ce qu'il venait de faire. Une chance que les maquignons soient occupés à rattraper Diablat, parce qu'il n'avait plus qu'une solution : emprunter le seau.

L'instant d'après, le seau à la main, son sac et son écritoire sur le dos, il filait discrètement le long de la rue. Il tourna vite derrière la tourelle et s'arrêta à l'abri des regards pour glisser sa cotte dans le pissat. Au moins, on ne percevrait plus la couleur louche du liquide.

Il reprit sa route et longea l'enceinte nord en cherchant un endroit où cacher son seau en attendant que le produit agisse. Les remparts étaient calmes, mais les tours qui le hérissaient infestées de gardes. Il passa devant la porte de Jouy et, enfin, il aperçut au loin ce qu'il lui fallait : une muraille désaffectée, qui avait dû enclore le Châtel au temps où la ville basse n'existait pas.

À part une porte qui permettait de passer d'une partie à l'autre de la ville, c'était broussaille et compagnie. Il cacha son seau dans un recoin de mur et, rassuré, se dirigea vers la halle au drap. Il avait promis à messire Gilbert quelques écritures avant la messe.

Garin sortit sa tablette de cire et s'informa :

– Comment s'intitule le chapitre d'aujourd'hui ?

– C'est la suite du précédent, répondit le drapier, les pieds dans une bassine d'eau semée de pétales… rouges.

– Le chapitre qui dit que les hommes mettent bizarrement leur fierté dans l'obéissance de leurs femmes ?

Le drapier le regarda avec stupéfaction.

– Tu n'as donc rien compris ! C'est pour le bien de ces femmes que je leur enseigne comment se comporter. Pour que leurs maris les aiment !

– Ah ? Et que doit faire le mari pour que sa femme l'aime ?

Messire Gilbert se redressa, scandalisé :

– La femme aime son mari par nature, parce que c'est son devoir.

– Vous me rassurez. Eh bien, je suis prêt. (Il prit un style[1] en os.)

– Nous allons voir aujourd'hui comment l'obéissance mène au salut de l'âme. Écris : « Après l'affaire du bâton, mes amis m'ont reproché d'avoir une mauvaise opinion de leurs épouses alors que, en réalité, elles étaient bonnes et dévouées. Je leur ai donc accordé une nouvelle

1. Poinçon pour écrire dans la cire.

chance. Chacun devait annoncer à sa femme qu'il s'absentait pour la journée, et nous reviendrions voir en cachette ce qu'elles faisaient de leur temps. »

– Je suis impatient de le découvrir, commenta Garin avec un impeccable sérieux. Je parie qu'une effrontée regardait par la fenêtre.

– Bien pire, mon pauvre ami ! « La première bavardait avec sa voisine. »

– Quelle horreur !

– « Et la seconde… avait invité des amies à jouer aux devinettes ! »

– Ahi ! La gredine. Et votre femme ?

– « Elle filait la laine en compagnie de ses servantes. Mais elle se tenait en retrait pour n'être pas tentée de bavarder avec elles, et ses lèvres remuaient sans cesse, montrant qu'elle disait ses prières. »

– Crédiou, s'exclama Garin, avec une femme pareille, vous ne devez pas rigoler tous les jours ! Je comprends que vous préfériez courir les foires.

Le drapier sembla s'étouffer.

– C'en est trop ! s'écria-t-il en se levant avec fureur. Tu ne comprends rien ni au bien ni au beau. Je trouverai un autre scribe. File !

Bon… bon… D'accord, saint Garin, j'ai eu tort. Je viens de me priver d'une source de revenus, et bien instructive !

En sortant, il aperçut de nouveau la rue toute rouge. Voilà la source de ses misères !

Pfff… Maintenant, il lui fallait trouver un autre emploi.

14
Jour de chance

– J'ai vingt deniers de plus, lui annonça Pétronille. Comment va Diablat ?

– Insupportable à souhait. Et comme je lui ai badigeonné les dents avec de la noix de galle, il est encore moins gracieux.

Et il montra sa main, toute noire aussi, hélas.

– Tu lui as… (Pétronille paraissait suffoquée) badigeonné les dents ?

– Rassure-toi, ça se dissipera avec le temps.

– Mais… il t'a laissé lui mettre la main dans la bouche ?

Ahi ! C'était si dangereux ? Pétronille reprit :

– Je suis la seule à pouvoir faire ça. Même mon p…

Elle s'arrêta net. Son p… père. Elle avait donc un père.

Héloïse les interrompit :

– Alors, beau damoiseau, une petite prédiction pour ouvrir cette belle journée ?

– Belle journée ? Malgré mes problèmes avec les chevaux ? Malgré le rouge ? Merci bien, je ne veux rien entendre.

– Tu as tort. Aujourd'hui, il y a de bonnes choses pour toi.

– Eh bien, ça va me changer un peu.

– Mère-grand a vu que la chance est avec toi.

Et la jeune fille tendit la main pour avoir ses deniers.

– Quoi ? Je n'ai pas posé la moindre question !

– Ah si. « Ça va me changer un peu » suppose que tu voulais en savoir plus. Sinon, tu aurais dit : « Ça m'aurait changé un peu. »

Garin porta la main à son front pour mimer le désespoir, puis il déclara :

– Je voudrais être sûr de payer une prédiction fiable, il faudrait l'écrire pour pouvoir la vérifier ensuite.

– Eh bien, écris-la, répliqua Héloïse.

Garin sortit de son écritoire sa tablette de cire et inscrivit : « Mère-grand dit que la chance est avec moi. » Après quoi il déclara :

– Tu me dois deux deniers.

– Pardon ?

– Tu m'as dit de l'écrire. Or toute écriture sur cire vaut un denier la ligne.

Héloïse le considéra avec des yeux ronds, puis elle éclata de rire.

– Tu as raison, Garin, approuva Artus en s'extirpant de sa charrette. Ne te laisse pas avoir par cette femelle.

Le scribe hocha la tête d'un air perplexe.

– Tu crois qu'elle marche les yeux baissés ? Qu'elle passe ses journées à filer dans un endroit retiré en disant des prières ? Qu'elle ferait des bonds sans savoir pourquoi on le lui demande ?

– Ça m'étonnerait, ironisa le jongleur. En plus, elle n'a rien pour rattraper, aucun des critères de beauté de la femme. Ni bouche vermeille, ni teint de neige, ni cheveux blonds, ni yeux clairs et gais.

– Gais, si, rectifia Garin.

– Merci, scribe de mon cœur, s'exclama Héloïse en riant

toujours. Mais ne te tracasse pas pour moi. Que l'Élégant me trouve laide est plutôt bon signe.

– Ai-je dit « laide » ? rectifia Artus. Je le pensais, cependant il ne me semblait pas l'avoir prononcé.

Les rires fusèrent de nouveau, même celui de Pétronille.

– Pour les deniers, reprit enfin Héloïse, nous sommes quittes. Mais pour cette affaire d'yeux baissés et de marmonnage de prières, qui t'a raconté ces bêtises ?

– Pas n'importe qui. Messire Gilbert de la Pisserote, chef de la confrérie des drapiers de Châlons en personne.

– Ah ! Lui ! Il paraît que sa femme est retournée vivre chez sa mère.

Il y eut un moment de stupéfaction, et tout le monde s'esclaffa de plus belle.

Trouver un travail un jour de fête religieuse était exclu. Ah ! il avait bien choisi son moment pour faire un éclat. Pourtant, il ne pouvait s'empêcher de rire chaque fois qu'il y repensait.

La cloche sonnant la messe, il se dirigea vers l'église Saint-Quiriace. Il en profiterait pour demander conseil à saint Garin.

L'église était comble – habitants, marchands, deux chiens, un cheval, une poule avec ses poussins et sans doute quelques souris – et Garin dut malheureusement suivre la messe dehors. Difficile, dans ces conditions, de se concentrer, de prier, ou même de remuer les lèvres pour donner le change. Sous les arcades soutenant les murs, des gosses se battaient avec des épées de bois, leur capuche transformée en heaume. Le seul moment où Garin arrivait à remuer les lèvres, c'est quand il se demandait : comment gagner l'argent qui manque avant que le Normand n'arrive à vendre Diablat ? Saint Fortuna, inspirez-moi.

Et à force de la répéter, il eut une idée.

La messe finie, il fila par les rues jusqu'à la taverne où Pétronille et lui avaient failli prendre pension.

La porte était grande ouverte au soleil et, comme la première fois, des groupes d'hommes assis par terre sur des brassées de joncs lançaient les dés dans un grand plat en terre. Garin s'accroupit avec eux pour étudier le jeu. Il s'agissait de faire avec les dés le nombre de points qu'on avait annoncé. Facile !

Il choisit un groupe dont la mise de départ était à sa portée (cinq deniers), ôta son soulier, récupéra ses piécettes et s'assit avec les joueurs.

Une journée de chance, il fallait en profiter !

*

On était déjà au petit matin et Garin commençait à sentir ses yeux se fermer de fatigue, quand un laboureur hurla en se redressant :

– Sanglant corps Dieu !

Il venait de perdre deux bœufs sur un seul coup de dés. À cet instant, la porte s'obscurcit et les sergents du prévôt firent irruption dans la taverne.

– Quelqu'un ici a blasphémé le nom de Dieu !

L'argent des enjeux disparut prestement des plats en terre. On aurait entendu une punaise piquer.

– Personne n'a juré, protesta le tavernier en regardant autour de lui d'un air innocent.

Ce que tous les joueurs confirmèrent dans un bel ensemble de hochements de tête.

Mais ça ne prit pas, les hommes de police se jetèrent sur le laboureur et le sortirent sans ménagements.

Créd… Euh… Vertuchou ! Ça ne rigolait pas, ici.

– La taverne est fermée pour trois jours, hurla le chef. Toi, le tavernier, tu passeras en jugement dès ce soir pour avoir laissé insulter Dieu dans ton établissement. Tout le monde dehors !

Vertuchou… Garin baissa les yeux pour considérer sa tenue. Il n'allait quand même pas sortir comme ça !

15

Le mystère des dessous de table

– Qu'est-ce qui t'est arrivé ? s'amusa Artus en voyant Garin en chemise, les souliers bâillant sur ses jambes nues.

– J'ai vu un tourneur de tournois qui se noyait, alors je lui ai jeté mes chausses pour qu'il s'agrippe. Et comme ensuite, il tremblait de froid, j'ai dû lui donner mon surcot et mon manteau.

Artus éclata de rire.

– Il a tout perdu aux dés !

– Merci, grogna Garin, c'est gentil de compatir.

Et il s'assit sur le chariot du jongleur pour faire le point de la situation. Cependant il ne réussit qu'à remâcher les coups de dés malheureux qui l'avaient réduit à cet état.

Un peu plus loin, Héloïse interpellait les passants :

– Vous voulez savoir votre avenir, monseigneur ?

– Oh ! Tu es trop jeune, répliqua un homme, je n'ai pas confiance.

– Aussi ce n'est pas moi qui vous le dirai, c'est mère-grand. (Héloïse alla vers la carriole.) Ses yeux ne supportent plus la lumière du soleil et elle ne peut plus marcher, mais elle vous voit.

Elle entrouvrit le rideau et chuchota quelques mots à sa grand-mère. Puis elle se retourna et déclara :

– Bonnes affaires aujourd'hui, toutefois vous devez vous méfier du vent.

Du vent ! On pouvait interpréter ça de toutes les façons, qu'il y en ait ou non. Garin laissa le chaland s'éloigner et ricana :

– Si c'est aussi fiable que mon jour de chance…

– Quelque chose ne va pas, scribe de mon cœur ?

Sa voix chantante et son odeur de jasmin le désarmèrent.

– Tout va très bien, il me reste ma chemise et mes braies. On est presque en été, pourquoi s'encombrer de vêtements ? Une CHANCE que j'aie tout perdu.

Héloïse eut un petit sourire.

– Tu ne sais rien de la chance. Le rouge risquait de causer ta mort. La chance l'a transformée en simple perte d'argent.

– Ah ! Voilà qui console bien !

Il soupira. Non seulement il n'avait rien pour racheter le cheval, mais il devrait maintenant regagner de quoi s'habiller.

Sa cotte ! Il possédait encore une cotte qu'il avait sagement mise à tremper dans du pissat de cheval ! Il sauta sur ses pieds. Il allait d'urgence la récupérer, la rincer et la faire sécher.

Il avait pourtant laissé son seau dans ce trou, là ! Il reconnaissait l'arbre tordu. Crédiou, il se l'était fait voler !

Saint Ace, c'est assez !

C'était même beaucoup trop. Sacré jour de chance ! Il n'avait plus de chausses, plus d'argent, plus de manteau, plus de surcot, plus de cotte… et il se retrouvait voleur, puisqu'il ne pouvait plus rendre le seau !

Il revint vers la place, un peu démoralisé. De loin, on entendait la trompe des annonces officielles.

– Place ! Place ! Condamné pour avoir blasphémé le nom de Dieu ! Place ! Place ! Condamné à être exposé au pilori depuis l'heure de prime jusqu'à l'heure de none[1].

1. Depuis 6 heures jusqu'à 15 heures.

Le laboureur montait vers l'estrade de justice.

Eh bien… Certains héritaient de journées encore pires que la sienne.

Le poteau central était déjà occupé par un garçon à peu près de son âge qui portait un chapeau de papier où était écrit : « A tiré l'argent du coffre des pardons au moyen d'une baguette de bois engluée. » Le laboureur eut donc droit à l'autre poste d'accueil, deux planches fixées sur un chevalet. Les sergents l'obligèrent à se courber et lui bloquèrent la tête et les mains entre les planches, exposant son visage à la foule.

Il y eut un nouveau coup de trompe, et un sergent avertit :

– Vous pouvez leur jeter de la boue et autres ordures, mais pas de pierres ou de choses qui blessent.

Aussitôt, au milieu de cris de joie, fruits pourris et crottin de cheval volèrent vers le pilori.

Garin rejoignit l'autre estrade, celle, plus gaie, du jongleur.

– Ah, te revoilà, lui lança Artus, je t'attendais.

– Pour me prêter une paire de chausses et une cotte, je suppose, parce que tu aurais honte qu'on te voie parler avec un garçon à moitié nu.

– Eh bien… un problème aussi épineux doit pouvoir se résoudre. (Amusé, le jongleur fouilla dans son chariot.) J'ai quelques vêtements usagés… Tiens, ces chausses. Et cette vieille cotte.

Eh ! De même que « modeste », « vieux » n'avait pas le même sens pour tous. Garin avait rarement possédé plus neuf !

Tandis qu'il s'habillait, l'Élégant reprit :

– Je voulais te parler d'un nouveau spectacle, que j'ai envie de créer. La chantefable *Aucassin et Nicolette*. Le problème est qu'il y a beaucoup de personnages, et que je ne peux les jouer tous. Si tu m'aidais ? Tu aurais ta part de la recette, évidemment.

La deuxième partie de la proposition était tentante, la première moins.

– Je n'ai jamais joué la comédie. Enfin… dans le sens où tu l'entends.

– Ne me fais pas rire. Tu as du baratin, tu te débrouilleras très bien. L'histoire met en scène un jeune seigneur amoureux d'une esclave. Tu joueras les rôles de femme.

– De femme ?

– Tu n'as pas encore de barbe, tu seras plus crédible que moi.

– Prends plutôt une vraie. Héloïse, par exemple. Je suis sûr qu'elle serait très bonne comédienne.

– Oh ! Comédienne elle l'est ! Malheureusement, si je mets une femme sur les planches, la justice me tombe dessus et on se retrouve tous les deux dans les geôles du donjon. Les geôles, passe encore, mais avec elle…

– Et ça parle, et ça parle, soupira Héloïse. L'Élégant, c'est tout ce qu'il sait faire.

– J'y pense, charmant caractère, coupa Artus, j'aurais besoin d'une robe. Tu aurais ça à me prêter ?

– À toi, sûrement pas. Mais à Garin… faut voir.

Elle s'éloigna de nouveau pour héler les passants et Artus reprit :

– Pour te résumer, Aucassin veut épouser Nicolette, et son père n'est pas d'accord parce que la fille est esclave, et vient de Carthage.

– Elle est aussi laide qu'Héloïse, je présume.

Artus rit.

– Héloïse est la plus jolie femelle que j'aie jamais vue,

mais ne lui en dis rien, hein ! (Il lança un coup d'œil involontaire vers la jeune fille.) Donc, le père fait enfermer Nicolette dans la plus haute tour. Elle commence par désespérer puis, sa gardienne endormie, elle déchire ses draps, les tresse et s'enfuit par la fenêtre.

– Tss tss…, fit Garin. Aucun savoir-vivre. Maître Gilbert ne serait pas content.

– Ne m'en parle pas. Surtout qu'elle retrouve Aucassin et qu'ils s'enfuient ensemble en bateau.

– Quelle horreur !

– Hélas, ils se font capturer par les Sarrasins, ils sont séparés, et Nicolette est emmenée devant le roi de Carthage. Et là, elle découvre qu'il s'agit de son propre père !

– Tout finit bien, elle peut épouser Aucassin…

– Oh là ! Pas si simple ! Cette fois, c'est son père à elle qui n'est pas d'accord. Il veut la marier à un Sarrasin.

– Laisse-moi deviner… Elle refuse.

– Elle se déguise en jongleur, s'enfuit et gagne le port. Pour la suite… (Artus lui tendit un cahier de parchemin grossièrement relié.) Voilà le texte. Apprends-le par cœur.

– Impossible pour l'instant, protesta Garin en bâillant, il faut que je pique un somme, je n'ai pas dormi de la nuit.

Il regarda autour de lui et avisa un étal recouvert d'un drap bleu tombant jusqu'au sol. Ce serait parfait. Il attendit que le marchand tourne le dos, se glissa entre les pieds des tréteaux et, la tête sur son écritoire, s'endormit sur-le-champ.

Quand il se réveilla, le pavé luisait encore d'une averse dont il n'avait rien entendu. Un chaland était arrêté devant l'étal. Fines chausses de lin comme il aurait bien aimé en avoir, élégants estivaux[1] de velours rouge un peu crottés par la pluie.

– Voici ce que je vous ai promis pour vos soieries, disait-il. Ils n'en font pas cadeau, la cire est au prix de l'or, ici !

Le marchand lut quelque chose à voix haute. Une histoire de trois cents livres pour l'achat de cendal[2], qui seraient à payer au *Hare Hare* de la foire chaude de Troyes. Document confirmé par maître Maquart.

Ah ! Une vraie lettre de foire, cette fois. « La cire est au prix de l'or » faisait sans doute allusion au cachet de cire qui la certifiait.

Garin se gratta la plante des pieds. Difficilement supportable, mais c'était la meilleure méthode qu'il ait trouvée pour se réveiller. Il était plus que temps qu'il apprenne son texte.

Il ouvrit le cahier de parchemin. Nicolette n'apparaissait dans l'histoire qu'au moment où on l'enfermait dans la tour.

Hélas ! Moi, misérable captive
Pourquoi suis-je en prison ?

Les estivaux de velours furent remplacés par de solides chaussures de cuir.

Aucassin, jeune seigneur,
Je suis votre amie…

Eh ! Maître Maquart avait dit qu'il aurait peut-être du travail pour lui. La rédaction des lettres de foire ?

Les mots « lettres de foire » le frappèrent subitement. Il s'extirpa de son abri.

1. Bottines courtes d'été.
2. Soie unie.

– Qu'est-ce que tu faisais là, toi ? s'indigna le marchand de soie.

– Cette lettre de foire, fit Garin sans s'émouvoir, vous êtes sûr qu'elle est valable ?

– Une lettre signée de maître Maquart ! (Le marchand le dévisagea.) Tu veux dire… que ça pourrait être un faux ?

Il rouvrit vite le parchemin, et Garin en profita pour y jeter un coup d'œil. Cette écriture maladroite était la même que sur la fausse lettre de messire Gilbert !

– Elle est bien signée de Maquart, conclut le marchand, soulagé.

– C'est sa véritable signature ?

– Oui, je la reconnais. Et, s'il s'agissait d'un faux, cette lettre serait de toute façon garantie par le garde des foires sur ses propres deniers. L'avantage d'une lettre de foire sur une lettre de change ordinaire.

Hum… Garin aurait quand même bien aimé vérifier que Maquart l'avait réellement signée.

Il fut distrait par l'arrivée de Pétronille.

– Il faudrait surveiller Diablat, lui souffla-t-elle, parce que… euh… il s'est un peu calmé.

– Quoi ? Tu y es allée ?

– C'est que… j'ai pensé à un de ses défauts… Et comme le maquignon le laisse brouter toute la journée, je lui ai apporté du foin ce matin avant l'aube.

Garin la considéra avec perplexité.

– Je ne suis pas sûr de tout comprendre, là…

Pétronille s'approcha et lui chuchota quelque chose à l'oreille. Ils éclatèrent de rire.

– Je vais espionner, promit Garin en s'éloignant.

16

Du rire aux larmes

Pétronille avait raison de se méfier, Diablat était calme, et Simonet en train de faire l'article à un acheteur :

– C'est le rejeton d'un des coursiers achetés par Richard Cœur de Lion dans l'île de Chypre, et croisé avec la forte espèce armoricaine.

Quelle blague !

– Comme les chevaux de Bretagne, poursuivit le Normand, il a une allure très rapide, mais agréable pour le cavalier et qui ne lui brise pas les reins. Sur les mauvais chemins, ça vaut de l'or.

À condition d'arriver à tenir sur son dos, songea Garin. Néanmoins, il ne fit aucune réflexion, il se contenta de passer près du cheval et de lui tapoter le flanc.

Saint Tropez, faites qu'il fasse des…

On entendit aussitôt un pet sonore, qui s'avéra très vite horriblement puant. Pétronille avait raison, l'herbe fraîche après le foin, c'était très convaincant.

– Aaaah ! s'exclama Garin en se bouchant le nez avec une grimace affreuse.

Et il s'appuya de nouveau sur le flanc…

Même résultat ! L'acheteur se détourna.

– Pour courir les chemins, ça va bien, commenta le scribe en riant, mais si vous voulez faire la cour à une dame, c'est peut-être d'un goût douteux.

Le Normand lui fit des yeux noirs et entraîna vite son client vers un autre cheval, originaire de La Hague et « nerveux, sobre, ne se fatiguant jamais, idéal pour courir les chemins ».

– Eh bien, s'esclaffa Garin quand l'acheteur fut parti, ma cousine ne sait pas qu'il pète de cette façon. Ça la consolera de ne pas l'avoir acheté.

– Tsss, ne lui dis rien. Je vais le lui vendre, ce cheval.

– Ah non ! Ce serait du vol ! Je dois la prévenir.

L'homme sans cou l'arrêta de la main :

– Tais-toi et je te laisse une commission… Cinquante deniers, ça va ?

– Cent, négocia Garin, et je ne lui révèle rien… Et il faudra baisser le prix parce que, les deux cents livres, elle ne les a pas.

– Je n'ai pas un cœur de pierre, déclara le maquignon. J'en débattrai avec elle. Va la chercher.

Une fois Pétronille partie en courant avec la bourse bleue, Garin se replongea dans Nicolette en lui gardant l'étal.

Je me levai, revêtis une tunique de soie,
Pris les draps de lit et des serviettes,
Les nouai ensemble, en fis une corde.

Il en était au moment où Nicolette risque de se faire dévorer par les loups dans la forêt, quand messire Gilbert réapparut.

– Je viens de voir une chose incroyable. Ta cousine sur le dos de mon ancien cheval !

– Euh… Elle est douée, elle sait amadouer toutes les bêtes. (Il rit.) Elle y est bien arrivée avec vous.

Le drapier n'apprécia que modérément la plaisanterie, ce que Garin n'eut pas le temps de constater puisqu'il n'était déjà plus là. Laissant la garde de l'étal à son propriétaire, il filait par la rue de l'abbaye Saint-Jacques – moins encombrée à cette heure.

Il s'immobilisa devant le cours aux chevaux. Simonet le Normand était toujours là, Diablat aussi, mais pas de trace de Pétronille.

– Où est-elle, votre acheteuse ?

– Cette petite voleuse ? s'écria le maquignon. Regarde avec quoi elle voulait me payer !

Et il lui posa sur la main la bourse bleue… pleine de cailloux !

– Elle a de la chance que je ne la dénonce pas au prévôt !

Garin examina la bourse avec stupéfaction. C'était bien celle de Pétronille. Crédiou, qu'est-ce qui lui avait pris ?

– Hep ! L'homme ! Combien pour le cheval noir ?

Au bord des barrières, un grand brun à moustache examinait les bêtes. Distrait de sa mauvaise humeur, le Normand annonça :

– Deux cents livres.

Il avait de nouveau remonté le prix. Pourtant, l'amateur ne tiqua pas. Il semblait même très intéressé. Garin intervint :

– Ce serait son prix s'il se laissait monter.

Le maquignon lui adressa un regard furieux, mais l'amateur déclara :

– C'est pour ça que je l'achète.

Quoi ? Garin ajouta :

– Sans compter qu'il pète horriblement.

Simonet s'emporta :

– Ce qui ne plaît pas aux uns peut plaire aux autres. Il est juste un peu dérangé aujourd'hui.

– De toute façon, je m'en moque, lâcha l'homme. Je suis teinturier. Les mauvaises odeurs, ça ne me dérange pas.

Le maquignon grogna en direction de Garin :

– File de là, toi.

– Il ne m'influencera pas, observa le teinturier, ça fait des jours que j'étudie ce cheval. (Il sortit sa bourse.) Je vais le proposer en attraction. On me paiera pour relever le défi de le monter. Je vous parie que tous les jeunes coqs de la région voudront s'y essayer.

Crédiou de crédiou de crédiou !

Garin rentra à la halle en courant.

– Qu'est-ce qui s'est passé ? Tu as voulu rouler le maquignon ?

– Non ! (Pétronille était au bord des larmes.) Je ne comprends pas. Il était d'accord pour que je le paie juste la somme que j'avais. Il a pris ma bourse, il l'a ouverte… et c'étaient des cailloux !

Elle éclata en sanglots.

– Tu t'es fait voler. Tu ne la gardais pas sur toi ?

– Si, toujours !

Alors, on la lui avait vidée pendant la nuit. Sans doute une des servantes qui partageaient sa soupente, mais qui accuser ?

Garin observa son visage, l'image même de la désolation.

– Qu'est-ce que tu vas faire, maintenant ? Rentrer chez toi ?

– Sûrement pas !

Donc elle avait bien un chez-elle… Et, au moins, un père. On ne pouvait pas dire que les renseignements se bousculaient, cependant ça avançait.

Pétronille sécha ses larmes et déclara enfin :

– La situation n'est peut-être pas désespérée. Le teinturier n'est pas un maquignon, il ne cherchera pas à revendre Diablat tout de suite. Ça nous donne du temps.

Du temps pour quoi ? Si le teinturier acceptait de revendre le cheval, il en demanderait au moins deux cents livres. Or Pétronille n'avait plus rien. Rien de rien. Et deux cents livres ne se trouvaient pas sous le pas d'un cheval.

17

Archifaux !

Garin faisait les cent pas en répétant son texte quand, passant devant l'étal de soieries, il repensa à la lettre de foire. Si elle était fausse, pourquoi la signer « Maquart » ?

... Pour la raison que, contrairement au drapier, le marchand de soie savait lire !

Il s'arrêta devant l'étal et demanda :

– Vous savez où loge le garde des foires ?

– À Forcadas. Enfin, à la grange aux Dîmes[1], comme on dit maintenant, vu que c'est à ça que sert la salle basse depuis qu'il y a moins de marchands.

Garin voyait où ça se trouvait, il était déjà passé devant. Abandonnant Nicolette dans la forêt, il se dirigea vers la rue Saint-Jean.

Des marchands, il y en avait malgré tout. La riche halle voûtée du rez-de-chaussée en était même pleine. On montait les étals en les séparant avec des draps tendus, on approvisionnait en marchandises, bref on préparait la

1. Partie des récoltes prélevée comme impôts par l'Église.

vente des peaux et fourrures. On y parlait en langue d'oc[1]. Garin tenta :

– Je cherche le garde des foires…

Un marchand lui fit signe de l'index qu'il devait ressortir et, du pouce, qu'il devait monter. Traduction : Maquart logeait à l'étage, et on y accédait par l'escalier extérieur. Il comprenait parfaitement la langue d'oc.

Il ressortit et leva la tête vers les fenêtres soulignées par un gros bourrelet de pierre. Son cœur battait un peu trop. Il n'aimait pas rencontrer les bourgeois chez eux, ils y avaient toujours plus d'arrogance.

C'est alors que le garde des foires déboucha de l'escalier. Merci, saint Garin !

– Maître Maquart, je viens voir si vous auriez du travail pour moi.

Le garde le dévisagea.

– Ah ! Tu es le scribe du drapier de Châlons. En début de foire, il n'y a pas beaucoup de travail, mon notaire y suffit. Dans quelques jours peut-être…

– Ce serait pour écrire des lettres de foire, par exemple ?

– Par exemple.

– Comme celle que vous venez de rédiger pour le marchand de soie ?

Maquart fronça les sourcils.

– Quel marchand de soie ?

– À l'angle de la place des Changes. Une lettre aussi mal écrite que celle de messire Gilbert. Et avec votre signature, celle-là.

Le garde fixa Garin entre inquiétude et incompréhension. Cette fois, il ne prenait pas l'affaire à la légère

1. Langue du Sud de la France.

comme pour le drapier. Si cette lettre portait vraiment sa signature…

Il tourna les talons et remonta vers la place à grands pas. Bien entendu, Garin suivit.

Ce ne fut pas long. Maquart eut à peine jeté un coup d'œil à la lettre de foire qu'il s'exclama :

– Un faux ! Un faux grossier ! L'écriture n'est pas celle de mon notaire, et je me souviendrais de cette vente, je relis tout avant d'apposer mon sceau ! (Il la parcourut d'un œil sévère.) D'ailleurs, elle a été remise par un certain… Girard Mésabon. Je ne connais personne de ce nom.

– La signature est pourtant la vôtre, protesta le marchand de soie.

– Elle est imitée, vous dis-je ! (Maquart serra les dents.) Cependant, vous avez raison, j'en suis malgré tout responsable. Satané règlement qui nous met sur le dos toutes les embrouilles de foire !

– C'est grâce à cela que nous acceptons de venir commercer chez vous, fit remarquer le marchand. (Il pointa le doigt sur le sceau de cire jaune et lut tout haut l'inscription qui courait autour.) *Sceau de Jean, par la grâce de Dieu roi de France, pour les foires de Champagne et de Brie.* C'est bien le sceau des foires.

Et identique à celui de la fausse lettre de Gilbert.

– Comment est-ce possible ? s'indigna maître Maquart. Je conserve ce sceau dans ma cassette !

Il fit quelques pas énervés, reprit la feuille en main et relut d'un air furieux. Trois cents livres de cendal !

– Ces fausses lettres discréditent nos foires ! s'emporta-t-il. Ces fausses lettres discréditent le roi ! C'est un crime de lèse-majesté !

Oui… C'était surtout pour lui une grosse perte financière. Il aboya :

– À quoi ressemblait celui qui vous a remis ça ?

– Un barbu, c'est tout ce que je peux dire, répondit le marchand.

– Courez dans les rues, retrouvez-le ! Sergents, à moi ! Recherchez un barbu transportant de l'étoffe de cendal !

Un peu tard, jugea Garin. À la place du barbu, il aurait quitté la ville sur-le-champ.

Il réfléchit. Il avait remarqué que la signature était d'une écriture beaucoup plus maîtrisée que le reste de la lettre.

Aurait-on gratté et réécrit le texte d'un parchemin portant la vraie signature de Maquart ?

Pendant deux bonnes heures, il y eut des sergents qui couraient partout dans un cliquetis métallique d'armure, des gens qui s'interpellaient, des barbus molestés, mais on ne remit la main ni sur le bon barbu ni sur le cendal. Le garde des foires proclama alors qu'il promettait à celui qui retrouverait le faussaire une récompense de deux cents livres tournois.

Deux cents livres ! Juste le prix du cheval. C'était un signe du ciel !

Saint Josse, ne soyez pas rosse. Saint Mile, faites qu'il n'ait pas quitté la ville. Saint Mathieu, ouvrez-moi les yeux. Je dois retrouver ce voleur.

Un voleur dont il n'avait vu qu'une chose : les estivaux. Mais il se sentait capable de les reconnaître entre mille.

Il se mit à sillonner la ville à la vitesse d'une navette sur son métier à tisser.

Hélas, courir en ne regardant que les pieds finissait par donner le tournis. Et pas les tournois. Parce qu'il ne retrouva pas les estivaux de velours.

Il ne se découragea pas pour autant. Le voleur était parti, cependant il reviendrait. Un homme qui a trouvé le moyen d'imiter la signature et le sceau du garde des foires devait être tenté d'en profiter un peu.

Les jours suivants, Garin continua d'arpenter la ville, tant et tant que, s'il ne retrouvait pas le voleur, ça lui coûterait en plus une paire de souliers.

Ces affaires nuisant à la pauvre Nicolette, le jongleur dut raconter seul d'autres histoires de Renart.

Et toucher seul la recette. Malgré cela, impitoyable, l'estomac du scribe continuait à réclamer à longueur de jour.

– Garin ! appela Pétronille. On demande quelqu'un pour un testament à l'hôtel-Dieu.

Ah ! Merci, répondit son estomac, on y va.

Malheureusement, son estomac n'avait pas la moindre idée des dangers dans lesquels il était en train de le précipiter.

18
Une vraie catastrophe

Garin descendit vers la ville basse. L'hôtel-Dieu se nichait dans l'ancien palais des Comtesses. Pas difficile à repérer, il s'ouvrait sur la rue par une grande et belle porte.

À l'intérieur, la salle à hautes voûtes était divisée en alcôves par des rideaux blancs. Le religieux de l'accueil détailla le nouvel arrivant d'un coup d'œil expert et l'informa :

– La salle des pauvres et des pèlerins se trouve au sous-sol.

– Je ne suis ni l'un ni l'autre, répondit Garin en désignant son écritoire, on m'envoie pour un testament.

– Ah oui… (Le religieux baissa la voix.) Il ne s'agit pas tout à fait d'un testament, mais vous verrez. C'est la troisième alcôve. Le patient étant mourant, on l'a mis seul dans un lit, vous serez tranquille.

Contrairement à ce que Garin imaginait, le mourant n'était pas un vieillard. Il était même très jeune. Et il voulait juste envoyer une lettre à sa famille pour raconter ce qui lui était arrivé. Garin apprit alors le plus étonnant : il en était là pour avoir été jeté à terre par un cheval à la suite d'un pari.

Quel cheval ? Facile à deviner : un beau noir qui appartenait pour l'heure à un teinturier.

– Écrivez, souffla le jeune homme. « Je soupçonne le propriétaire d'avoir mis des brindilles épineuses sous la selle du cheval pour l'énerver. »

Des épines ! Le traître ! Garin écrivit. Ce pauvre gars avait payé pour se briser le dos. Il avait payé pour mourir. Ce teinturier aurait mérité qu'on le dénonce !

Hélas, un scribe était tenu par le secret professionnel.

Le jeune homme finit sa dictée en assurant sa famille de son affection puis, n'ayant plus la force de parler, il indiqua au scribe de prendre cinq pièces dans sa bourse. Cinq deniers, ce n'était pas cher payé pour l'écriture et le parchemin, cependant Garin ne fit pas de remarques.

Il ouvrit la bourse. Eh ! Cette tête de roi sur les pièces… Il ne s'agissait pas de deniers, mais d'esterlins anglais !

Il remit la lettre à l'accueil pour qu'elle soit envoyée à la famille et, songeant à la place des Changes sans changeurs, il demanda où il pourrait convertir ses esterlins en deniers.

Le religieux lui indiqua un certain Adam, à l'école aux Juifs, près du donjon.

L'école aux Juifs avait une façade toute bossue pour s'adapter à la forme de la rue, et pas deux fenêtres semblables. Le changeur, qui avait dressé sa table devant la porte, était petit et sec, avec un visage malicieux et une courte barbe. Il étudia les esterlins, puis les pesa sur sa petite balance en commentant :

– Curieux… C'est la seconde fois que j'en change aujourd'hui. On m'en a apporté ce matin.

Garin voyait très bien qui pouvait être ce client : le propriétaire de Diablat, qui les avait gagnés par traîtrise.

– Un teinturier ? demanda-t-il négligemment.

– Oui, Garnier Poison.

Garnier Poison ! Encore un qui portait bien son nom.

Le scribe ramassait ses deniers quand il réalisa qu'il n'avait pas devant lui un catholique. Or un Juif avait le droit de prêter de l'argent ! Tout excité par cette découverte, il enchaîna :

– Vous pourriez me prêter deux cents livres ?

Le changeur ouvrit des yeux ronds, détailla l'allure de l'emprunteur et, malgré l'excellent état de la cotte, commenta avec un sourire amusé :

– Deux cents livres, comme tu y vas ! Et tu me les rendrais quand ? Tu attends un héritage ?

– Presque. Je m'occupe de découvrir le faussaire des lettres de foire. Quand je l'ai trouvé, je touche la récompense et je vous rembourse.

Adam éclata d'un rire gai.

Bon, eh bien quoi ? Ça valait le coup d'essayer, non ?

Le Juif se calma et répondit que lui aussi avait besoin de vivre, et qu'il ne pouvait pas prêter une somme qu'il ne serait pas certain de revoir un jour. D'autant que… Il fouilla dans sa cassette et lui tendit une lettre de foire. De la même écriture que les deux autres !

– Elle est fausse, supputa Garin.

Le petit Juif tapota le document de son doigt maigre, à l'endroit où était inscrit le nom de l'acheteur.

– Je me suis fait berner, il n'y a aucun marchand d'étain qui se nomme Gauchier Mélétaire.

Le nom était encore différent, pourtant il s'agissait du même faussaire. Fort de sa nouvelle science, Garin observa :

– Il y a le sceau et la signature du garde des foires, cette lettre est garantie, maître Maquart doit vous la rembourser.

Adam rit doucement en secouant la tête.

– Je suis juif. Le garde des foires trouvera mille excuses pour ne pas me dédommager. Et bien heureux s'il ne m'accuse pas de l'avoir écrite moi-même et n'en profite pour m'expulser. Nous autres, tant qu'on a besoin de notre argent, on nous dorlote, mais quand on nous en doit trop, on nous expulse et on confisque nos biens. Cela résout tous les problèmes en même temps. Enfin, pas les nôtres, naturellement.

Il posa la main sur un gros volume relié de cuir.

– Je prévois toujours deux sécurités. La première, c'est ceci, le texte des lois. Je le sais par cœur.

Tudiou, ça devait être d'un assommant ! Garin s'informa :

– Pour pouvoir vous défendre ?

L'autre secoua la tête.

– Si on veut confisquer mes biens, rien ne peut me défendre. Mais connaître la loi est la meilleure façon de ne rien faire qui la contrarie. Deuxième sécurité : habiter une maison qui possède des souterrains.

Souterrains… Oui, un mot bien rassurant.

Garin observa de nouveau la lettre. L'écriture en était très maladroite et pourtant sans erreur. Comment expliquer ça ?

C'était comme si elle avait été rédigée par quelqu'un sachant écrire sans jamais s'y être entraîné. Ça paraissait impossible.

– Je t'ajoute deux deniers, reprit Adam, si tu gardes un moment mon étal. Je dois apporter à Garnier la graine qu'il m'a commandée. Elle vient d'arriver de Pologne.

Garnier Poison, le propriétaire du cheval ? Le scribe proposa aussitôt :

– Je peux y aller à votre place.

L'affaire conclue, il repartit avec un sac de graines grises. Parfait… il allait poser des jalons pour racheter le cheval.

Il aurait mieux fait de consulter d'abord mère-grand, seulement il n'en savait rien.

Il contourna l'imposant donjon qui l'observait du haut de sa motte fortifiée et descendit au milieu des arbres vers la rivière Durteint.

Au bord de l'eau s'étiraient des hangars ouverts sur trois côtés, où des tissus séchaient sur des perches fichées dans le mur. Devant, des hommes remuaient d'étranges potions dans des chaudrons. Il n'y avait pas beaucoup de promeneurs. Ce genre de coin, on s'en méfiait : trop de poisons étaient utilisés en teinturerie.

« Poison ». Le nom de l'acheteur de Diablat !

Mal à l'aise, Garin regarda autour de lui. Pas trace du cheval.

Un homme au tablier balafré de… rouge (!) se dirigeait vers un appentis. Un boucher, qui portait une cuve de métal pleine de sang. Garin s'écarta et jeta un coup d'œil au premier hangar. On y préparait de la teinture… rouge ! Ses épaules se crispèrent.

Par chance, parmi les ouvriers qui trituraient avec un bâton le tissu trempant dans des cuves, aucun ne ressemblait à Poison.

À l'autre bout du hangar, on traitait le jaune. Soulagement.

Il s'éloigna vers l'atelier suivant.

Les teinturiers qui travaillaient là, il dut les étudier de près, parce que leur visage, leurs mains, leur chemise, tout était maculé de sombre – bleu ou noir, selon leur affectation. Garin réalisa alors que son homme n'avait pas l'allure de ces ouvriers. Il était propre et bien habillé, il était le maître !

Il s'informa auprès des hommes bleus, qui lui indiquèrent que l'atelier de Garnier Poison était le premier hangar, celui du jaune et du rouge. Crédiou, c'était bien sa veine ! Il revenait sur ses pas quand son moustachu sortit d'une maison, en face. Il le rejoignit et lui débita la phrase qu'il avait préparée en chemin :

– Messire Adam vous fait porter ces graines… pour votre nouveau cheval.

– Pour le cheval ?

Poison pouffa et, piochant quelques graines dans le sac, les écrasa entre ses doigts… qui devinrent rouges ! Sans le savoir, Garin avait transporté du kermès, ces bestioles qui servaient à faire la teinture rouge. Il était mort !

Il prit une ample respiration. Il ne fallait pas se laisser impressionner par des prédictions ridicules. Il reprit :

– Vous avez de la chance d'avoir un si bel atelier. Une couleur aussi noble que le rouge doit rapporter gros, c'est pourquoi vous avez pu acheter le cheval.

Garnier Poison lui jeta un regard intrigué.

– Ah ! Je te reconnais, tu étais là-bas. Même que tu as tenté de me dissuader.

– C'est un cheval dangereux, j'avais raison : il a tué son premier cavalier.

– Un accident. Quand on ne tient pas sur une monture, on ne fait pas le prétentieux.

– Une monture à laquelle on a mis des épines sous la selle, personne ne tient dessus, répliqua Garin.

Ahi ! Il ne voulait pas du tout dire ça ! Sa langue était allée plus vite que ses pensées. Comme d'habitude, saint Garin, je le sais, inutile d'insister.

Poison lui lança un regard venimeux, saisit un bâton et sortit un tissu jaune du chaudron où il trempait.

Et splatch ! Crédiou sa cotte neuve ! Enfin presque neuve. Garin l'ôta pour aller la rincer à la rivière avant que la teinture ne prenne. Malheureusement ce poison de Poison la lui arracha des mains et l'envoya droit dans la cuve de bleu de l'atelier d'à côté !

L'homme aux ongles bleus poussa un beuglement, sortit la cotte du bain et la tordit avec colère avant de la renvoyer à Garin, qui la prit en pleine figure.

Il y a des jours où on ferait mieux de rester couché.

Tous les ouvriers riaient. Sa cotte était d'un vert pisseux. Il la posa sur son bras et cria en s'éloignant :

– Merci pour la couleur ! Exactement celle dont je rêvais !

Il remonta entre les arbres pour gagner la ville haute. Mais le sort n'avait pas fini de s'acharner sur lui. Il allait franchir le passage entre le donjon et une tour du rempart quand il fut interpellé :

– Toi !

Et une main s'abattit sur son épaule.

– Qu'est-ce que cette couleur verte ?

– Ma foi, messire le sergent, c'est une couleur campagne pour se fondre dans les herbes.

– Ne prétends pas qu'elle est obtenue avec des herbes ! se fâcha l'autre.

Aucun sens de l'humour.

– C'est juste un mélange de teinture jaune et bleue.

– Il avoue ! Il avoue !

Hein ? Qu'est-ce qu'il avait avoué ? Dans le doute, l'accusé précisa :

– Résultat d'un simple accident.

– N'aggrave pas ton cas ! Un accident est impossible. Aucun teinturier n'est autorisé à posséder à la fois du jaune et du bleu. Aucun teinturier ne peut accomplir l'opération diabolique de mêler les couleurs et d'enfreindre ainsi l'ordre de la nature !

Un attroupement de costumes de fer se faisait autour de lui. Un autre sergent hurla :

– À la tour aux Oublis !

Et, manque de chance, c'était le chef.

La tour aux Oublis... Ça ne sonnait pas bien à l'oreille, ça.

19

La tour aux Oublis

Non, on ne pouvait pas dire que c'était une bonne journée. Garin se retrouva au fond d'une étroite oubliette. Et celle-ci était enfouie au cœur d'une tour située tout près du cours aux chevaux. Comment ne pas y voir un signe du destin ?

En face de lui, un homme était attaché au mur par une chaîne reliée à un collier de fer. Il faisait si sombre qu'on ne distinguait pas son visage, mais il semblait exténué. D'en haut, le garde lâcha :

– Pour ton entretien, tu devras huit deniers par jour.

Huit deniers pour un peu de paille et un morceau de pain sec ! Et encore, il économisait la location d'un collier de fer. Il bougonna :

– À ce prix-là, j'espère ne pas vous encombrer trop longtemps. Quand est-ce que je passe en jugement ?

– Ne sois pas trop pressé, ricana le garde. Pour les étrangers, ça finit le plus souvent par la pendaison.

Ahi ! Garin mit vivement son pouce dans son oreille et son auriculaire à sa narine. Saint Garin, protégez-moi bien.

Une planche coulissa en haut pour refermer le trou, et il se retrouva dans le noir.

« Le rouge peut causer ta mort ! » Même si sa cotte n'avait attrapé que du jaune et du bleu, c'était bien chez le teinturier de rouge qu'il s'était fait avoir.

Saint Gibet, ne me pendez pas.

On n'y voyait plus rien. Redonnant un peu de fermeté à sa voix, le scribe s'informa auprès de son compagnon :

– On risque la pendaison pour avoir mélangé les couleurs ?

L'autre mit un moment à réagir. Enfin, il émit d'une voix faible :

– Ils exagèrent toujours. C'est pour qu'on pisse dans nos chausses.

– On vous a menacé de la même chose ?

Une sorte de rire désenchanté lui répondit, à peine un souffle.

– Non, moi, ils veulent juste me faire bouillir dans un chaudron. Ils prétendent que j'ai fabriqué de la fausse monnaie.

– Et ce n'est pas vrai ?

– Bien sûr que non. Ils prennent pour prétexte qu'ils en ont trouvé une bourse sous mon étal et que, d'après eux, j'ai essayé de m'enfuir.

– Vous ne vous enfuyiez pas ?

– Je courais devant alors qu'ils couraient derrière, voilà tout. C'est que je n'aime pas voir des sergents de trop près, ça me donne des boutons.

Ils furent interrompus par le pas du garde sur la trappe, qui résonna atrocement. Oppressé, Garin reprit :

– Nous ne sommes que deux prisonniers pour toute une ville ?

– Penses-tu ! On est ici parce que la prison du donjon et celle du palais sont pleines. En temps de foire, ça ne lésine pas sur les arrestations.

Ils entendirent une voix, en haut :

– Ils sont comment, ses vêtements, au nouveau ?

– Pas grand-chose à en tirer. Pour toi, une cotte à reteindre et une chemise rapiécée.

– Et pour toi ?

– Chausses usagées, souliers à la limite de bâiller.

Garin chuchota :

– C'est de moi qu'ils parlent ?

– Probable. Le gardien de la prison et le bourreau. Ils se partagent tes oripeaux pour le cas où tu serais condamné. Un prend le haut, l'autre le bas. De l'argent, tu en as ?

– Une vingtaine de deniers.

– Ce n'est pas lourd, ils vont faire la grimace.

– Oui, eh bien il ne fallait pas m'attraper !

Crédiou, il était plus que temps de découvrir ce maître mot qui sauvait de tout. Jusqu'à présent, il avait pensé à des termes exaltant la vaillance, comme « chevalier »,

« courage », ou attirant la protection, comme « bouclier » ou « souterrain », mais il valait peut-être mieux essayer dans le genre antidote. « Cheval », « rouge », « oubli ».

Le cheval rouge de l'oubli.

Les oublis rouges du cheval.

Il y eut un crissement en haut, et un rai de lumière glissa jusqu'à eux.

– Le nouveau, tu as de la visite !

La trappe finit de s'ouvrir et une tête apparut.

Pétronille ! Jamais Garin n'avait eu autant plaisir à la voir. Ce maître mot ne marchait peut-être pas comme il l'aurait voulu, mais il marchait quand même un peu.

– J'ai appris ce qui s'était passé, souffla-t-elle. Artus, Héloïse et moi, on est catastrophés. Les teinturiers prétendent que tu as jeté ta cotte dans leur chaudron pour avoir la teinture gratuite.

– C'est Garnier Poison qui l'a jetée dedans. Celui qui a acheté Diablat !

Il y eut un court silence, puis Pétronille ajouta :

– Tu n'es pas de la ville, ils ne te croiront pas.

Crédiou de crédiou… Saints Innocents, prouvez que je le suis aussi.

– C'est fini, déclara le garde. Tu en as eu pour tes vingt deniers.

Vingt deniers ! Pétronille avait pris sur la bourse de Diablat pour venir le voir ! Il y avait des moments qui en réparaient d'autres…

– Pétronille, chuchota-t-il rapidement. Va à l'école aux Juifs. Demande à Adam si, dans son livre des lois, il a quelque chose qui pourrait me sauver.

La planche eut un horrible grincement au milieu duquel il entendit juste :

– Ne te tracasse pas.

Et il ne put s'empêcher de sourire. Elle avait vraiment changé.

Dans le dernier rayon de jour, il aperçut un instant l'homme enchaîné en face de lui. Il semblait assez vieux, avec le visage… enflé et tout maculé de sang !

– Vous avez été torturé ?

– Tu vois…, soupira le prisonnier.

– Et moi ? Qu'est-ce qu'ils vont me faire ?

– À mon idée, te torturer aussi. Au moins pour te faire avouer d'où tu tiens cette couleur.

– Mais je me tue à le répéter, ces deux couleurs se sont mélangées sur moi par accident.

– Alors, fais comme moi. Tiens trois jours sous la torture sans rien avouer, et ils te relâcheront. C'est la loi.

– Merci, ça me rassure bien.

La nuit fut très pénible. Fatigante, angoissante, affamante. Pour oublier sa situation, Garin se récitait son texte. Surtout le rôle du roi de Torelore qu'il devait jouer en plus. Quand Aucassin et Nicolette arrivaient au royaume de Torelore, le roi était en train d'accoucher de son enfant, tandis que sa femme menait ses armées en guerre. Les soldats se battaient à coups de pommes pourries, d'œufs et de fromage frais.

Il fut tiré de ses ruminations par d'inquiétants éclats de voix. C'est comme ça qu'il sut que la nuit était finie parce que, dans la geôle, il faisait toujours aussi noir.

– Douze ans ! criait un homme. Quel manque à gagner !

Douze ans de quoi, crédiou ? Douze ans de prison pour lui ?

La trappe grinça et le jour se fit.

– Il paraît que tu n'as que douze ans ? lui demanda le gardien d'un air furieux.

– Euh… (Un sergent glissa une échelle dans la fosse.) Personne ne me l'a demandé. Qui vous l'a dit ?

– La petite vendeuse du drapier.

Douze ? Elle exagérait, là…

– On ne peut pas te condamner lourdement à cet âge.

Ah !… Douze ans ! Pétronille avait sûrement raison.

– Pourquoi tu ne l'as pas dit tout de suite ? grogna le gardien tandis que le sergent commençait à descendre.

– Vous m'avez empêché de parler !

Une chance, parce qu'il n'aurait pas pensé à mentir à ce point. Voyez, saint Garin, je ne suis pas le roi du mensonge comme vous voulez toujours me le faire croire.

– On a perdu huit deniers, râla le gardien.

Perdu ? On ne lui avait encore rien donné à manger !

– Franchement oui, tu fais plus que ton âge, remarqua le sergent en l'examinant. Monte !

Garin s'exécuta en vitesse (ce qui valait mieux que d'être exécuté).

– On me libère ? s'enquit-il, arrivé en haut.

– On t'emmène te faire juger, répliqua le gardien, qu'est-ce que tu imagines ?

Oui, l'imagination était son gros défaut.

En bas, le sergent fit tinter son trousseau de clés et trouva celle qui ouvrait le collier de fer de l'autre prisonnier. Il le fit monter aussi.

Le faussaire n'était pas beau à voir. Visage déformé et marbré de traînées sanguinolentes, nez cassé… Le gardien de prison pointa sur lui un doigt menaçant :

– Toi, tu as résisté à la torture, toutefois personne ne te croit innocent pour autant. Tu as été condamné à un bannissement de douze ans, sans pouvoir remettre les pieds dans cette bonne ville. Plus cent sous d'amende.

Crédiou ! Les cent sous d'amende étaient durs, mais être banni, Garin s'en serait bien fichu. Lui dont la vie se passait sur les routes !

Pour ne pas s'attirer le mauvais sort, il n'osa pas demander ce qui allait lui arriver, à lui.

Le cheval rouge de l'oubli…

20

La chanson du jongleur

Encadré par quatre sergents comme un dangereux malfaiteur, les mains liées dans le dos, Garin sortit de la tour. Il s'était rarement senti aussi mal. Il ne voyait pas comment se défendre, puisque les teinturiers avaient refusé de reconnaître leurs torts. Entre leur parole et celle d'un étranger, les juges n'hésiteraient pas.

Pétronille était là, qui lui faisait des signes comme si elle voulait lui dire quelque chose. Les sergents l'empêchant d'approcher, il tenta de lire sur ses lèvres, mais il n'en eut pas le temps. Le désespoir le saisit. C'est là qu'il entendit :

– *Les scies mêlent les couleurs…*

Artus !

– … *Beaux cils, l'ai su, père pose.*

Qu'est-ce que ça voulait dire ?

Les scies mêlent les couleurs…

« Couleurs »… Ça avait sûrement à voir avec son affaire ! Ou bien Artus imaginait-il qu'une chanson lui remonterait le moral ?

Les scies mêlent les couleurs

Beaux cils…

Crédiou ! Il comprenait !

Oh ! Que oui, ça lui remontait le moral !

La justice fonctionnait en permanence en temps de foire et, en son honneur, la maison des Petits-Plaids était occupée par trois hommes : un civil (le prévôt ?), un religieux et le garde des foires.

Le greffier lut l'accusation : avoir, contre nature, mélangé des couleurs, les faits étant aggravés par du vol de teinture.

Ça, c'était le comble !

– On m'accuse faussement, s'écria Garin. Ce sont les teinturiers qui m'ont agressé !

– Mentir aggrave votre cas, lâcha le prévôt.

– Il n'a que douze ans, rappela Maquart.

Il y eut un silence, puis le prévôt décréta :

– Considérant son jeune âge, je propose de nous limiter à le faire fouetter.

Ahi !

– Et lui infliger une amende à payer à l'Église, ajouta le religieux.

Eh bien ça, c'était une justice expéditive ! Une INjustice expéditive ! Garin protesta :

– Je dois pouvoir me défendre !

Maître Maquart prit la parole :

– Nous nous sommes renseignés, et personne ne connaît ton passé. Nous ne pouvons donc savoir quel crédit accorder à ta parole.

– Messires, je voudrais juste faire remarquer ceci : les teinturiers vous ont dit que j'avais trempé ma cotte successivement dans les deux bains ?

– Si fait, confirma le prévôt.

– Dans ce cas, les couleurs se sont superposées, pas mélangées !

Et Garin fit en vitesse son signe de protection. Il espérait avoir bien compris le message d'Artus : « Laid si mêle les couleurs, beau si les superpose. » Adam avait certainement découvert ça dans son livre des lois.

Il y eut un petit flottement, et les juges débattirent entre eux.

– En effet, reconnut le prévôt, effectuer des teintures successives n'est pas interdit. Reste le vol de teinture…

– Attendez, interrompit maître Maquart, intrigué, j'aimerais que ce garçon nous dise pourquoi les teinturiers l'auraient éclaboussé, perdant ainsi un produit précieux ?

– Parce que j'ai reproché au teinturier de rouge d'être… à l'origine de la mort d'un homme tombé de cheval.

Dire qu'il ne pouvait pas l'accuser d'avoir mis des épines sous la selle !

Le prévôt ricana :

– Les morts par chute de cheval sont quotidiennes, Garnier Poison n'aurait eu aucune raison de prendre la mouche pour pareille peccadille.

– J'ai toute confiance en Poison, renchérit le religieux. L'Église vient même de lui commander dix aunes d'écarlate pour faire aux chanoines des capuches rouges.

Le garde des foires semblait plus méfiant, car il demanda à Garin :

– Aurais-tu été témoin de quelque chose d'anormal, à la teinturerie ?

– D'anormal ? Je ne connais rien à la teinture.

– Qu'allais-tu y faire ?

– Livrer de la graine.

– C'est pour faire l'écarlate, jugea le religieux.

– Voyez, je n'y connais rien, insista Garin, j'ai même cru qu'on faisait le rouge avec du sang, puisqu'un boucher en livrait. Si j'avais voulu teindre ma cotte, je ne l'aurais pas trempée dans du bleu, vu que je ne le supporte pas. Ça me donne des rougeurs. Je suis d'accord que c'est bizarre, des rougeurs avec du bleu…

Maître Maquart l'interrompit :

– Libérez-le.

Garin n'en crut pas ses oreilles. Il n'avait pas compris pourquoi on l'enfermait, il ne comprenait pas davantage pourquoi on lui rendait la liberté mais, là, il acceptait sans discuter.

– Messire le prévôt, pouvez-vous m'accompagner ? ajouta Maquart. Il nous faudrait aussi des sergents jurés.

Le prévôt désigna deux des sergents qui encadraient

Garin, et ils s'en allèrent, le plantant là avec les deux autres sergents qui se demandaient s'ils devaient vraiment lui délier les mains.

En tout cas, merci Pétronille, merci Adam ! Lui qui ne voulait pour rien au monde se plonger dans les lois et règlements !

*

– « Mais voilà qu'une flotte de Sarrasins surgit de la mer », récita Artus. « Ils donnèrent l'escalade au château de Torelore et le prirent d'assaut. » Là, je joue un petit morceau de musique et c'est à toi. Que dois-tu faire ?

– Je crie et je me prends la tête dans les mains, répondit Garin, parce qu'on emmène Nicolette… enfin qu'on m'emmène prisonnier… nière dans le bateau du roi de Carthage. Crédiou revoilà les sergents !

– Il n'y a pas de sergents dans cette hist… (Artus réalisa.) Ils ont l'air d'avoir confisqué quelque chose.

– Des pièces de drap qu'ils vont détruire, annonça Héloïse, mère-grand l'a vu dans ses rêves.

– C'est surtout que je te l'ai dit, précisa Pétronille.

Elles rirent toutes deux. Devant l'air intrigué de Garin, Pétronille expliqua :

– J'ai suivi les juges. À ce qu'il paraît, tu as rendu service à la justice grâce à ce que tu as vu.

– Qu'est-ce que j'ai vu ?

– Du sang de bœuf. Il est interdit d'en utiliser pour teindre en rouge, parce que la couleur ne tient pas au lavage.

Allons bon ! Il avait dénoncé Poison sans même s'en rendre compte !

– Les juges lui ont infligé une sacrée amende, et… (Elle le fixa.) Et…

– Et… ? Le rouge te donne des bégaiements ?

– Et le teinturier va devoir vendre Diablat pour payer l'amende !

Pétronille explosa de joie. Garin dut lui remettre les pieds sur terre :

– Désolé de te le rappeler, mais avec quoi veux-tu qu'on l'achète ?

– Si je le rachetais, moi, fit Artus, ça vous laisserait un peu de temps. Vous rembourseriez peu à peu.

– Tu le rachèterais ? ironisa Héloïse. Et avec quel argent ? Si tu ne dépensais pas tout en vaine élégance, peut-être…

– Et toi, si tu nous débitais des prédictions dignes de confiance, on saurait ce qu'il faut faire.

Héloïse se tourna vers la carriole.

– Mère-grand, l'Élégant t'insulte ! (Elle eut une mimique moqueuse.) Tu vois, pas de réaction. Mère-grand méprise les sceptiques.

Artus chantonna d'un air ironique :

– *Nicolette, ma douce amie que j'aime tant…* (Il s'interrompit.) Je vais essayer aux dés.

Garin l'arrêta d'un geste.

– J'ai déjà tenté et je me suis retrouvé en chemise.

Artus prit un air mystérieux.

– Pas moi. Pas avec mes dés porte-chance.

Il fit rouler entre ses doigts les dés en os qu'il avait sortis d'une poche dissimulée dans sa ceinture.

– Pipés, veux-tu dire, chuchota Héloïse.

Elle s'interrompit brusquement et le saisit par le poignet :

– Ne fais pas ça, l'Élégant. J'ai une mauvaise intuition.

– *Belle Nicolette, chère amie,* chanta Artus, *vous ne vous en irez point, car alors vous me tueriez.*

– Cesse de plaisanter, tu ferais mieux de m'écouter.

Artus tourna la tête.

– Tiens, on rapporte des bancs à la maison des Petits-Plaids, on allume les torches… On va avoir droit à un procès en soirée.

– Plusieurs, précisa Pétronille. Le teinturier, un mendiant qui a volé une pelle d'airain, et un drapier qui a agrafé le sceau de Provins sur sa marchandise sans y avoir droit. Il sait sans doute qu'on dit à Bar : « Nous devons croire qu'il est bon drapier, puisqu'il est de Provins. »

Elle habitait Bar-sur-Aube ! Sûr et certain ! Parce que cette phrase, on la disait partout, pas seulement là-bas. Elle ajouta :

– Ils jugeront aussi un berger qui a pris ses deux seaux à un porteur d'eau.

Ahi ! Un voleur de seau !

– Parfait, conclut Artus en se frottant les mains. Ils en ont pour un moment. On va avoir la paix dans les tavernes.

Et il s'éloigna d'un pas souple.

– Artus ! le rappela Héloïse. Fais attention !

21

Le coup de dés

Le soleil était levé quand Garin fut expulsé du coin de porte cochère qui lui avait servi d'abri par un noctambule rentrant chez lui. Du coup, il alla partager une bouillie d'avoine avec Héloïse. Elle n'avait aucune nouvelle d'Artus.

Pétronille arriva en courant, un peu affolée.

– Je suis passée à l'écurie du teinturier, et sa femme m'a dit qu'il avait revendu Diablat !

– Déjà ? À qui ?

– À un marchand de peaux d'écureuil, un Allemand qui vient d'arriver.

– Crédiou, il a préféré s'en débarrasser auprès de quelqu'un qui n'a pas encore entendu parler de ses exploits.

– Ah, soupira Pétronille. Alors, ce n'est pas trop grave. Quand l'Allemand verra qu'il n'en vient pas à bout, il le revendra. Il faut que je continue à gagner de l'argent.

– Ça va toujours chez messire Gilbert ? demanda Héloïse. Il ne t'applique pas sa méthode d'éducation des filles ?

– Il n'a pas intérêt à essayer, prévint la vendeuse.

Garin plaisanta :

– Il préfère que tu continues à héler les passants de

manière *très immodeste* et que tu vendes son drap, plutôt que de prier au coin de la cheminée.

Ils rirent.

– Je vais essayer de savoir où l'Allemand garde Diablat, décréta Pétronille.

Et elle repartit aussi vite qu'elle était venue.

Héloïse se leva d'un bond, comme si elle attendait impatiemment cet instant. Artus arrivait, fendant la foule. Il paraissait plutôt gai. La voix un peu altérée, la jeune fille demanda :

– Il ne t'est rien arrivé ?

– Dommage, hein ? Tes prédictions ne se sont pas vérifiées !

Héloïse sembla un moment décontenancée, puis elle sourit, soulagée.

– Demandez-moi plutôt ce que j'ai gagné, reprit l'Élégant.

– Qu'est-ce que tu as gagné ?

Le jongleur posa la main sur son pourpoint, où il gardait son butin.

– Deux cents livres, pas une de moins.

Garin et Héloïse applaudirent. Justement, Pétronille revenait de son expédition d'espionnage :

– Je sais où est Diablat ! J'ai vu l'Allemand essayer de le monter. (Elle rit.) Essayé seulement, si vous voyez ce que je veux dire. Je ne me suis pas approchée, précisa-t-elle à Garin qui la dévisageait avec suspicion, pour qu'il reste bien insupportable. Mais il est temps que ça finisse, sinon il pourrait se déshabituer de moi.

– Ne t'inquiète pas, dit le jongleur, j'y vais, et j'ai de bons arguments (il tâta de nouveau son pourpoint, très content de lui).

Garin les regarda partir en songeant qu'il fallait d'urgence qu'il trouve du travail pour rembourser le jongleur.

Son écritoire en bandoulière, il se dirigea vers la grange aux Dîmes. Et là – miracle ! – maître Maquart l'appela :

– Garin ! Mon notaire est malade. Serais-tu disponible pour le remplacer un moment ? La foire au drap s'achève, il y a des dizaines de lettres de foire à rédiger. Tu seras payé cent deniers par jour. Et logé.

Cent deniers ! Merci saint Garin.

Il entra dans la halle. Les marchands de cuirs, fourrures et peaux avaient fini de s'installer, et la loge du garde des foires, occupant un coin de fenêtre, s'était isolée derrière un drap. Il y vit une petite table avec un chandelier et un coffret contenant un sceau et des bâtons de cire.

– La place du notaire est ici, lui indiqua son nouveau maître en désignant l'autre fenêtre. Sur le chevalet, tu as une pile de parchemins et un encrier. Les tablettes de cire entassées sur le banc sont les brouillons de lettres de foire à recopier.

Tout ça ? Eh bien ses deniers, il ne les volerait pas. Garin s'assit et se mit au travail.

Il en était à sa deuxième tablette, quand il entendit une voix à fort accent germanique :

– Je viens de revendre cet horrible cheval !

L'Allemand avait apparemment son étal dans cette halle. Il reprit d'un air réjoui :

– Et sans perdre un denier. Bonne affaire ! Ce jongleur verra bien assez tôt ce qu'il peut attendre de la bête.

– Il ne s'est rendu compte de rien en l'emmenant ?

– Non, une chance incroyable, il n'a même pas essayé de le monter. J'ai eu une grosse frayeur quand il a laissé une fillette le prendre par la longe. Mais le cheval s'est laissé faire. Quel soulagement !

Eh eh… Tout allait bien.

Garin se repencha sur sa tablette. Celle-ci parlait d'un éleveur habitant au « pont-qui-pleut ». S'il y avait de drôles de noms, il y avait aussi de drôles d'adresses. Il finit la lettre et alla la faire signer par maître Maquart. Puis, comme personne n'occupait l'emploi de chauffe-cire, il fit lui-même fondre la cire à la flamme (ça, il aimait bien) et en laissa couler juste ce qu'il fallait sur le document. Maître Maquart y imprima le sceau des foires avant qu'elle ne durcisse, et voilà.

Tout ce rituel impliquait évidemment d'attendre le garde des foires, or celui-ci s'absentait souvent et sans prévenir. Pour aller où ? Mystère. En revenant, il faisait chauffer de l'eau sur un petit brasero et buvait une infusion. Vu l'odeur de renouée[1] qui s'en dégageait, Garin pariait que le garde des foires souffrait d'une solide diarrhée.

Pour la cinquième lettre, Maquart était de nouveau absent. Garin attendit en repassant dans sa tête le rôle de la mère d'Aucassin, qu'il devait jouer aussi. Troisième scène : *Allons, fou, que veux-tu faire ? Nicolette est gracieuse et gaie, mais elle est esclave, et de Carthage. Si tu veux prendre une épouse, prends une femme de haut rang.*

Il se demandait s'il n'allait pas finir par mélanger tous les personnages.

– Maître Maquart ! appela une voix depuis la porte.

Un homme habillé bourgeoisement entra.

– Il s'est absenté, répondit Garin.

Dépité, l'homme souffla :

– C'est inconcevable ! Je suis mercier et viens ici depuis vingt ans, et c'est la première fois que ça m'arrive.

– Que vous arrive-t-il ? s'intéressa Garin.

– Je suis passé chez le changeur avec une lettre de foire, et il ne veut pas l'accepter. Il paraîtrait qu'elle est fausse. A-t-on entendu parler d'une chose pareille ?

Ah oui, on en avait entendu parler.

– Montrez-la-moi, demanda Garin en prenant son air le plus mâle, je suis le notaire de maître Maquart.

– Tu n'es pas un peu jeune pour être notaire ?

– Cette lettre est-elle d'une écriture maladroite et d'une signature ferme ?

L'homme le regarda avec méfiance, puis il ouvrit sa lettre pour vérifier.

1. Herbe très commune.

Il ne fut pas le seul à vérifier. C'était la même écriture ! Et le sceau qui était imprimé dans la cire était bien celui des foires. Or seul le garde des foires pouvait l'apposer, Garin l'avait constaté, et il ne s'absentait jamais sans l'emporter !

En tout cas, voilà une preuve que le faussaire était toujours en ville. Ah non, Maquart n'allait pas être content. Encore trois cents livres à sortir de sa bourse. Garin bondit sur ses pieds et demanda :

– Il était barbu, celui qui vous a payé avec cette lettre ?

– Non. Il avait une énorme cicatrice sur la joue.

Un autre faussaire ? Ça le déstabilisa un instant. Puis, plantant là son travail, il fila vers la sortie.

– Quand maître Maquart arrivera, cria-t-il au mercier en passant la porte, dites-lui que je suis à la recherche de votre faussaire.

Les deux cents livres de récompense seraient pour lui !

Saint Parfait, s'il vous plaît, c'est pour un bienfait.

Sainte Fleur, ayez du cœur, c'est pour rembourser le jongleur.

22
Une vraie comédie

Crédiou, cette ville était trop grande, beaucoup trop grande. Avec des champs, des arbres, des maisons, des ruines… Il y avait mille cachettes. À chaque porte de la ville, Garin annonçait :

– Service du garde des foires. Avez-vous vu sortir un homme avec une cicatrice sur la joue ?

Hélas, la réponse était toujours non. Porte Saint-Jean, porte de Jouy, porte du Pain, des Cordelières, de la chapelle Sainte-Croix, de Culoison. Et pareil de l'autre côté, porte de Troyes, de Changis, des Courtils et les autres. Le balafré n'était passé nulle part, il était donc encore en ville.

Garin rentrait par la porte du Buat quand il entendit un long son de trompe.

– Hare ! Hare de drap !

La foire au drap était terminée. Pétronille perdait son emploi. Comment pourrait-il gagner seul deux cents livres ?

Déçu et énervé, il revint vers la place des Changes. Diablat, attaché à la carriole du jongleur, dansait sur place et soufflait par les naseaux d'un air satisfait. Pétronille était aux anges, cependant elle se contentait de le caresser sans essayer de le monter.

Apercevant Garin, Artus s'exclama :

– Ah ! Te voilà enfin ! Il est l'heure de jouer. Prépare-toi, je pars chercher le public.

Et, posant sa vièle sur son épaule, il attaqua un air entraînant.

Garin sauta en vitesse dans la robe d'Héloïse.

C'était vraiment bizarre, aéré par-dessous et gênant pour marcher. Comment se débrouillaient les filles ? Héloïse l'aida à ajuster une grande coiffe avec laquelle même sa mère ne l'aurait pas reconnu. D'ailleurs, au temps qu'il vivait chez elle, elle le connaissait déjà à peine et ne savait jamais lequel de ses enfants il était. Le dix-neuvième des vingt-cinq, crédiou, ce n'était pas si compliqué !

Il se racontait tout ça pour oublier la désagréable sensation qui lui contractait le ventre. Il avait l'impression de ne plus rien savoir de son rôle et qu'il allait se couvrir de ridicule.

Pour une pièce racontant une longue histoire à rebondissements, Artus avait voulu un théâtre digne de ce nom, et il avait accroché à l'arrière de la scène des rideaux qui mettaient en valeur les acteurs. Ça fichait d'autant plus la trouille.

– Mets ça pour faire plus vrai, lui proposa Héloïse.

Et elle détacha de son cou sa pomme à senteur, une petite boule d'argent contenant de la pâte de jasmin.

Ce n'était pas une mauvaise idée, ça donnait l'impression d'être quelqu'un d'autre. Or il devait être la mère d'Aucassin, puis Nicolette, puis le roi de Torelore. (Artus lui avait fourni pour ce rôle un vieux casque sarrasin, même si ce roi n'avait rien d'un Sarrasin.)

Entraînée par le jongleur, la foule arrivait, excitée d'assister à une vraie pièce de théâtre. Garin se cacha derrière les rideaux.

Du temps passa, à la fois trop et trop peu. Le comédien en herbe avait du mal à respirer. Enfin, il entendit Artus commencer :

– « Si vous voulez entendre de bons vers sur deux beaux jeunes gens, Nicolette et Aucassin… »

Crédiou ! Voilà qu'il était pris d'une envie de…

Il ne pouvait pas y aller, il entrait bientôt en scène. Il se tortilla pour empêcher sa vessie de se contracter et tira sa coiffe vers l'avant, histoire de dissimuler un peu plus son visage.

Artus en était au moment où le père se met en colère contre son fils qui veut épouser Nicolette. Après quoi il changeait de chapeau pour jouer Aucassin, et c'est là que Garin entrait en disant : « À fond, loup… » Euh non… Il ouvrit le rideau :

– « Allons, fou, que veux-tu faire ? »

C'était parti. Malheureusement une voix cria :

– C'est lui, c'est mon voleur !

Garin s'interrompit. Ce n'était pas dans le texte. Une arrestation dans la foule en plein milieu de sa tirade ? Mais… Un homme brandissait le poing en regardant vers l'estrade. L'Allemand aux peaux d'écureuil, et qui hurla de plus belle :

– Emparez-vous de lui !

Des sergents fendirent la foule. Saint Barthélemy, ça sent le roussi !

D'un bond Garin fut derrière le rideau, puis il sauta de l'estrade et se mit à galoper.

Il entendait des bruits de course derrière lui, mais il n'était pas assez bête pour perdre du temps à se retourner. Où se cacher ? Sûr que « souterrain » figurait dans son maître mot ! Et Adam avait fait allusion à un souterrain ! Il courut vers l'école aux Juifs.

Il apercevait déjà la porte de l'espoir, quand il réalisa soudain que, s'il entrait là, il risquait de causer des ennuis au Juif.

Un autre souterrain ! Il fallait en trouver un autre.

Il passa sans s'arrêter devant Adam qui le suivit des

yeux, un peu surpris, et s'enfila dans les ruelles. Tudiou, une jupe était horriblement mal pratique pour courir. Il vota pour le premier escalier s'enfonçant dans les entrailles de la terre. Pourvu qu'il ne mène pas à une simple cave !

… Non, il se poursuivait par une galerie. Garin s'y engouffra en louvoyant entre des sacs qui sentaient le camphre, puis se retrouva dans le noir. Il continua à tâtons, en essayant de reprendre son souffle.

Pas commode, ces souterrains, ça se tortillait dans tous les sens. Parfois, un peu de lumière y descendait et, alors, on était sûr qu'on arrivait dans des réserves et qu'on allait se prendre les pieds dans des pots de cuivre ou se cogner dans des étagères.

Il suivait les boyaux au hasard, se retrouvait dans des culs-de-sac dont il devait se tirer en se hissant à la force des bras dans la galerie supérieure ou en se laissant glisser dans une autre, en dessous. Il montait, descendait, il ne savait plus du tout où il se trouvait.

Saint Aivit, évitez-moi les mauvaises surprises.

Enfin, il entendit des voix de femmes venant d'une cave. Il s'immobilisa.

– Ils ont arrêté le jongleur, disait l'une, mais ils n'ont pas retrouvé celui qui jouait le rôle de la fille et qui est sans doute complice.

Ahi ! Complice de quoi ?

– Personne ne sait qui c'est. Avec sa coiffe sur la figure, on ne l'a pas reconnu.

Merci saint Garin.

Garin délaça en vitesse sa robe, arracha sa coiffe et entassa le tout derrière des tonneaux de vin. Maintenant, en plus d'un cheval et d'une cotte verdâtre, il était en dette d'une robe !

Heureusement qu'il avait gardé ses chausses et sa chemise sous ses habits de fille. Il attendit que les voix s'éloignent et se glissa le long des parois.

Il déboucha dans une cave voûtée. Personne. Il remonta l'escalier sur la pointe des pieds…

– Eh toi ! D'où viens-tu ?

Ouh ! Saint Garin, vous auriez pu faire un petit effort supplémentaire.

– Je suis le notaire de maître Maquart. On m'a dit que je devais prendre note ici d'une lettre de foire.

Les femmes se regardèrent.

– Tu t'es trompé d'adresse.

– Je ne suis pas au cellier de… Ringa Trousseméninges ?

– Nullement. Et ça n'existe pas.

– J'ai dû mal comprendre, je vais me renseigner.

Et il s'éclipsa sans demander son reste.

Il se trouvait… tout près des bains !

Il jugea préférable d'éviter la rue principale et partit dans l'autre sens pour rejoindre la rivière et la longer d'un pas de promeneur. Il ne fallait pas avoir l'air pressé.

Ici, il n'y avait que des champs, plantés de longues lignes de tiroirs à draps ou de vignes. Il commença à remonter vers le Châtel. Il avait un peu de peine à respirer.

Et si quelqu'un l'avait reconnu sous son déguisement ? Évidemment, qu'il n'avait rien à se reprocher ! Mais l'innocence ne mettait pas à l'abri de la justice, l'expérience le prouvait.

Qu'avait fait Artus, pour mériter la colère de l'Allemand ? Il ne lui avait quand même pas volé le cheval, puisqu'il avait gagné aux dés de quoi le payer !

Garin entra dans la ville haute par la poterne[1] qui s'ouvrait dans le vieux rempart, près de l'endroit où il s'était fait voler le seau et la cotte.

Vrai, il semblait condamné à se retrouver périodiquement à moitié nu. Une chance qu'on soit en juin. Il suivit le vieux rempart, son cœur s'accélérant à mesure qu'il approchait de la place.

Les tréteaux étaient déserts, pourtant les spectateurs ne s'étaient pas dispersés. Déçus d'avoir raté le spectacle, ils meublaient par des commérages. C'est là que Garin apprit que maître Maquart avait envoyé le jongleur au donjon.

Au donjon… Ça voulait dire en prison ? Et pourquoi maître Maquart, et non le prévôt, qui était en charge des affaires de police ?

Quelqu'un s'agrippa à son bras.

– N'avoue pas que c'est toi qui faisais la fille, souffla précipitamment Pétronille.

– Qu'est-ce qui se passe ?

– L'Allemand s'est rappelé qu'il y avait une fille avec Artus, mais il n'y a pas prêté attention et ne sait pas la reconnaître. Du coup, tout le monde s'imagine qu'il s'agit du garçon déguisé avec qui il jouait la pièce.

Incroyable !

– Mais qu'est-ce que vous avez fait ?

– Rien ! L'Allemand prétend qu'on l'a payé avec du vent. (Les épaules de Pétronille s'affaissèrent.) Et le garde des foires a confisqué Diablat.

Décidément, on avait bel et bien un sort, avec ce cheval !

1. Porte annexe dans une muraille.

– Qu’est-ce qu’il entend par « payé avec du vent » ? demanda Garin. Le jongleur l’a embabouiné ?

– Non, je t’assure ! Il l’a payé avec une lettre de foire qu’il avait gagnée aux dés.

Une…

Crédiou !

23

La tour aux prisonniers

Si l'Élégant était accusé d'avoir rédigé cette fausse lettre, il serait accusé de les avoir rédigées toutes ! Par saint Artus, il n'en faudrait pas plus.

Il était urgent de trouver une idée.

Eh ! Par sainte Opportune, il en avait une…

– Maître Maquart, j'ai un plan. Je vais proposer au jongleur de rédiger une fausse lettre de foire et de la mettre en circulation pendant qu'il est en prison pour l'innocenter.

– Ah ?… Je ne comprends pas bien ton raisonnement.

– Si le jongleur est coupable, il se laissera tenter. Ça sera une preuve pour vous.

– Pas bête. (Maquart réfléchit.) Mais pourquoi ce jongleur te ferait-il confiance ?

– Je lui demanderai de me payer pour rédiger cette lettre. Il sait que j'ai besoin d'argent, ça le convaincra.

Le garde des foires fut d'accord. Restait à ne pas se prendre les pieds dans son propre plan.

Une heure après, Garin se présentait au donjon. Quatre tourelles encadrant la tour centrale, deux chemins de ronde, le tout enserré dans une enceinte crénelée. Maintenant qu'il le regardait bien, il le trouvait pas rassurant du tout. Enfin, pas rassurant pour celui qui serait prisonnier à l'intérieur.

Il tâta sa cotte dont la teinture (qui n'avait heureusement pas eu le temps de bouillir) commençait à se diluer. Le laissez-passer du garde des foires s'y trouvait. Il rajusta son écritoire sur son épaule, exécuta un discret signe de protection – pouce dans l'oreille, petit doigt sur la narine – et grimpa d'un pas décidé vers l'enceinte.

– Je suis délégué par maître Maquart pour interroger le prisonnier.

Le garde lui lança un regard perplexe, et Garin lui tendit son parchemin d'un air martial. Il y était écrit : « Autorisation de parler au dénommé Artus l'Élégant. » Une autorisation véritable, en bonne et due forme !

Bien entendu, Garin l'avait obtenue sur un projet qu'il n'avait aucune intention d'appliquer, il aurait eu trop peur qu'Artus n'accepte.

On le laissa passer dans la première enceinte et on lui indiqua de grimper à l'échelle, seul moyen de pénétrer dans le donjon.

Pour en sortir aussi, hélas ! Et vu l'épaisseur des murs, il ne fallait pas compter s'évader en creusant un tunnel.

Le cœur de la tour était une salle voûtée à grande cheminée, éclairée par quatre fenêtres en hauteur, impossibles à atteindre pour fuir. Un garde le conduisit à un couloir sombre débouchant sur un réduit fermé par une grille. Ça sentait l'humidité, la paille moisie et la peur.

Ou alors c'était juste lui qui avait peur.

– Messire l'Élégant, lança-t-il d'une voix officielle. Vous m'avez déjà vu, je pense. Je suis le notaire du garde des foires.

Il entendit les pas du garde s'éloigner et poursuivit d'une voix qui baissait peu à peu :

– Garin Trousseblague en personne. On n'a pas de temps à perdre. Parle-moi de cette fausse lettre de foire que tu as gagnée aux dés.

– Je me suis fait avoir, j'aurais dû écouter Héloïse et ne pas aller jouer.

Oh là ! Il semblait bien abattu.

– À quoi ressemblait celui à qui tu l'as gagnée ? Barbu ou avec une cicatrice sur la joue ?

– Ni l'un ni l'autre. Il était vieux et voûté.

Crédiou ! Un troisième !

– Il inspirait confiance, ajouta Artus d'un air dégoûté. Un homme qui ne peut se défendre évite généralement de se mettre dans une mauvaise posture. Du moins c'est ce que je croyais. (Il saisit les barreaux avec rage.) Et c'est moi qu'on accuse de faux ! Je peux être pendu pour ça !

– J'obtiendrai de l'Allemand qu'il ne porte pas son accusation en place publique, ça sauvera ta tête. Je lui promettrai de lui rendre le cheval dès qu'on l'aura récupéré.

Artus soupira :

– Diablat est déjà définitivement confisqué pour payer les frais de justice.

C'était vraiment mal parti ! Garin prit quand même un ton optimiste pour déclarer :

– Je vais voir ce que je peux faire.

*

La grange aux Dîmes était pleine à craquer d'acheteurs et de vendeurs de peaux et fourrures. Sans compter, dans le coin du garde des foires, les drapiers qui continuaient à régler par lettres leurs achats et leurs ventes.

– Alors ? s'informa maître Maquart.

– Artus l'Élégant n'a pas accepté ma proposition de fausse lettre, déclara Garin. Il est innocent.

Le garde des foires leva une main prudente.

– N'en tire pas de conclusions. Il peut avoir flairé le piège.

– Je le crois sincère. Cette lettre de foire lui a bien été remise en paiement, comme cela a été le cas pour le drapier, le marchand de soie et le mercier.

– Eux, je ne les soupçonne pas. Je les connais, ce sont des familiers des foires. Tandis que ce bouffon…

– Attendez, maître Maquart, j'ai réfléchi. Si le jongleur avait remis cette lettre à l'Allemand en la sachant fausse, il aurait aussitôt filé avec le cheval, non ?

– Sans doute n'a-t-il pas pu fuir pour une raison que nous ignorons.

– Et il serait resté sur la place, à donner son spectacle devant toute la ville ?

– Peut-être justement pour qu'on le croie innocent.

Là, il exagérait ! Maquart ne croyait que ce qui l'arrangeait. Garin insista :

– Le marchand de soie dit que son voleur était barbu, le mercier le décrit avec une cicatrice…

– C'est la meilleure preuve contre un jongleur qui a l'habitude de se travestir.

Crédiou, le garde des foires ne voulait plus rembourser de fausse lettre, voilà tout ! Et un étranger…

Étranger, Garin l'était aussi ! Il préféra jouer la prudence :

– Vous avez sans doute raison, vous avez plus d'expérience que moi.

Y avait-il des souterrains dans cette bâtisse ? On engrangeait la dîme dans la salle basse, et il voyait malgré tout, de temps en temps, un marchand en revenir chargé de fourrures. D'où sortait-il ses fourrures sinon de souterrains ? Saint Garin, faites qu'il y ait un moyen de filer d'ici en cas d'urgence.

En tout cas, mieux valait mettre en œuvre son plan de secours.

À l'heure de midi, il fila à la taverne.

Le devantier du propriétaire avait quelques jours de crasse de plus. Pour le reste, tout était pareil. Des joueurs de dés partout. Garin souffla :

– Un jongleur a été payé ici avec une lettre de foire l'autre nuit…

– Je ne m'occupe pas des joueurs de dés, protesta aussitôt le tavernier, je ne regarde pas ce qu'ils font.

– Dites-moi seulement lesquels ont joué avec lui, ils pourraient témoigner en sa faveur.

– Personne n'a jamais joué d'argent ici. C'est interdit, tu ne le sais pas ?

– C'est interdit, mais tout le monde le fait. Moi-même, j'ai perdu ici mes chaus…

– Qu'est-ce que tu racontes ? C'est interdit, interdit ! Et il n'est pas question de contourner la loi.

Oui… Il avait déjà été condamné pour avoir laissé blasphémer le nom Dieu. Garin soupira. Aucun des joueurs ne voudrait témoigner. Artus lui-même n'avait évoqué qu'un remboursement de dettes, sans préciser qu'il s'agissait d'une dette de jeu.

Découragé, il revint lentement vers la place.

– Vous voulez connaître votre avenir, savoir si la fortune vous sourit, si vous aurez la jolie femme que vous convoitez, si l'impôt va baisser ? Mère-grand sait tout sur ce qui vous attend et vous dira de quoi vous devez vous méfier.

Celle qui haranguait la foule était Pétronille !

– Tu travailles pour Héloïse ?

– Elle me paye pour attirer les badauds. Il faut que je gagne de l'argent. Diablat appartient maintenant au garde des foires, qui devra bien le revendre pour acquitter les frais de justice.

Décidément, rien ne la décourageait.

– Héloïse n'est pas là ? demanda Garin.

– Eh bien… non.

Elle prit un drôle d'air et regarda vers la carriole. On voyait juste le doigt de mère-grand qui soulevait le rideau et deux yeux qui observaient.

– Que dit mère-grand au sujet d'Artus ?

– Il n'aurait pas dû jouer aux dés. Maintenant…

Crédiou, il fallait faire quelque chose !

Garin fila vers l'école aux Juifs. Les textes de loi qui l'avaient tiré d'affaire pouvaient peut-être aussi sauver la vie d'Artus.

24

L'accusateur

Une heure après, Garin quittait l'école aux Juifs en courant.

À la grange aux Dîmes, il n'y avait que quelques chalands et personne devant l'étal de l'Allemand. Il en profita :

– Il paraît que vous avez été victime d'une fausse lettre de foire ?

– Ce jongleur m'a acheté un cheval magnifique pour rien !

– On murmure que lui aussi s'est fait avoir. Qu'on lui a réellement donné cette lettre en paiement, et qu'il pourrait le prouver. (Garin baissa la voix.) Soyez donc prudent si vous l'accusez en place publique. Pour toute accusation mensongère, vous risquez une amende, l'amputation de la langue et la confiscation de vos biens.

L'homme blêmit puis, reprenant des couleurs, déclara :

– Je ne porte aucune accusation mensongère. J'affirme qu'il m'a payé avec une fausse lettre, pas qu'il l'a écrite.

Sambleu, l'Allemand n'était pas si niais qu'il aurait fallu. On n'en tirerait rien. Garin changea de tactique :

– Vous n'êtes pas bourgeois de Provins et, si vous portez une accusation, on se renseignera sur vous. On vérifiera tout. Votre marchandise, par exemple. (Il se pencha sur l'étal.) N'est-ce pas du lièvre, ça ? Je croyais que vous ne vendiez que de l'écureuil ?

Incroyable, il avait touché juste, car l'homme se troubla avant de protester :

– C'est de l'écureuil allemand, plus grand, plus habitué au froid, et qui a donc une fourrure plus rustique.

– Votre écureuil est plus grand, plus rustique, il vit sur

le sol et non dans les arbres, court plus vite, en bref c'est un lièvre. Enfin, c'est ainsi qu'on l'appelle par chez nous.

L'homme commença à s'affoler. Garin enfonça le clou :

– On l'appelait également ainsi chez le fourreur de Charles de Luxembourg pour qui j'ai travaillé.

Il y allait peut-être un peu fort, là : le fourreur de l'empereur des Allemands ! Son interlocuteur réagit en cessant de respirer. Garin poursuivit sur sa lancée :

– Et l'empereur était vigilant sur ses achats ! Pas question de le gruger sur la qualité, vous pouvez m'en croire. Une confusion entre peau de chien et de loup, lynx et chat sauvage, et c'était la mort.

Il ne s'en tirait pas mal pour un scribe incapable de distinguer une peau d'araignée d'une peau de lion.

La trompe sonnait, annonçant l'arrivée du prisonnier sur la place. Garin sortit aussitôt et, malheureusement, l'Allemand aussi.

On avait amené Artus près de la croix des Changeurs et, malgré sa situation difficile et sa nuit sur la paille moisie, il paraissait encore le plus élégant. Pourtant, il y avait du beau monde pour l'encadrer. Outre les casques rutilants des soldats, resplendissaient le rouge du prévôt, le bleu ciel du gouverneur, le blanc du religieux et le « ners » du garde des foires qui, pour honorer la ville, portait la couleur de ses draperies.

Le crieur public leur corna aux oreilles un nouveau coup de trompette et brailla :

– Artus l'Élégant est soupçonné d'avoir écrit de fausses lettres de foire. Qui porte accusation contre lui ?

Garin se crispa. Il y eut un moment d'intense silence, où il n'entendit que ses oreilles bourdonner. Il était tellement tendu qu'il en avait des douleurs dans les omoplates. Le prévôt répéta :

– Qui l'accuse devant nous ?

Pas un bruit.

Le garde des foires désigna alors l'Allemand.

– Vous devez l'accuser publiquement, c'est la loi.

– Ma foi… Je dirais bien que c'est lui, mais rien ne prouve qu'il a voulu me tromper. Au lieu de l'accuser, je pourrais porter plainte avec lui pour trouver celui qui a écrit cette lettre.

Les trois notables se regardèrent avec stupéfaction.

– Ce n'est pas à vous de juger s'il est coupable ou non. Dites juste : « Je l'accuse de m'avoir payé avec une fausse lettre de foire. »

Ça ne marcha pas. L'autre se tint coi. Garin recommença à respirer.

Le gouverneur prit alors la parole :

– Personne d'autre ne l'accuse ?

– Si ! Moi ! lança une voix.

Tout le monde se retourna.

Le tireur de tiroirs ! C'était un cauchemar ou quoi ?

– Je l'ai vu écrire sur du parchemin, insista ce maudit Haganon.

– Bien sûr, s'exclama Artus, j'écris mes pièces de théâtre !

– Vu ce que c'est, son théâtre, y a rien à écrire.

Crédiou, Haganon se vengeait de l'affaire du *Tourneur de Tournois* ! Il regarda les notables d'un air humble.

– Et je l'ai entendu, de mes propres oreilles, dire : « Pour que ça vaille, il faut imiter le sceau des foires. »

Le traître ! Il se servait, en la déformant, de leur conversation aux bains ! Garin s'approcha du garde des foires.

– Messire, je voudrais devenir avocat et j'aimerais

m'entraîner. Puisque le jongleur est mis en accusation, pourrais-je entreprendre sa défense ?

Maître Maquart eut l'air un peu surpris, puis il chuchota quelques mots au prévôt, qui passa le message au gouverneur.

Il y eut trois moues dubitatives, suivies de hochements de tête indifférents.

Saint Fructueux, faites que ce le soit. Fructueux.

– Je ne doute pas de la bonne foi du témoin, commença Garin. Je me rappelle l'avoir vu très admiratif dans la foule, à regarder l'histoire du tourneur de tournois. Il était très fier de se reconnaître dans le personnage.

Tout le monde sourit, même les notables qui avaient, comme les autres, assisté à la pièce.

– Je me demande juste, poursuivit Garin, si un homme assez malin pour imiter une lettre de foire pourrait être assez bête pour proclamer tout fort « il faut imiter le sceau des foires ». Je crains que ce pauvre homme n'ait mal compris. (Il eut un geste de modération.) Il n'a pas voulu vous tromper, messires, car il sait qu'ON COUPE LA LANGUE AUX FAUX TÉMOINS, il a juste mal compris.

Haganon ravala sa salive. L'avocat enchaîna :

– L'accusateur se rappelle-t-il si une personne était présente à l'instant où le jongleur a prétendument prononcé cette phrase ? Si cette personne venait affirmer que ce n'est pas ce qu'il a dit, il serait un peu tard pour se défendre.

Le tireur de tiroirs le reconnut soudain et le regarda avec des yeux pleins d'effroi.

– Il est vrai qu'il y avait du bruit, souffla-t-il, mal à l'aise.

Dans la foule, une femme cria :

– Le jongleur n'a-t-il pas plutôt dit qu'il voulait imiter LE PLUS SOT DE CETTE FOIRE ?

Il y eut des éclats de rire, et Garin comprit qu'il s'agissait de Babelon. Elle, avait bien apprécié la farce. Il attendit que le brouhaha se calme et reprit :

– L'accusé a dit avoir reçu cette lettre en remboursement d'une dette, et il a avoué sans hésitation qu'il l'avait donnée à son tour au marchand de fourrure d'ÉCUREUIL. (Il lança un regard à l'Allemand.) C'est donc qu'il n'imaginait pas qu'elle posait problème !

Il parla ensuite de l'heureux caractère de l'Élégant dont le métier était de faire rire et non de faire pleurer par des malhonnêtetés, bref, il fit de son mieux. Il termina par :

– Si vous le pendez à tort, et que de fausses lettres de foire continuent à apparaître, on découvrira qu'il n'était pas coupable. Alors vous devrez dépendre vous-mêmes son corps du gibet et le porter en terre, faire sonner toutes les cloches de la ville, prendre en charge les messes pour son âme et verser à sa mère, dont il est le seul soutien, une rente à vie.

Il ne savait pas si l'Élégant avait encore sa mère, mais c'était le cadet de ses soucis. Merci, règlements et textes de loi ! Merci Adam !

Il y eut des chuchotements dans la foule, laissant entendre qu'on pensait le jongleur innocent. Les notables se consultèrent un instant, puis le prévôt conclut :

– Qu'on reconduise Artus l'Élégant en prison pour la nuit. Le tribunal remet sa décision à demain.

Tout le monde se mit à parler en même temps. À part ceux qui aimaient trop les spectacles de pendaison pour y renoncer de gaieté de cœur, on supputait dans l'ensemble que le jongleur serait libéré et qu'on aurait de nouveau du théâtre.

Oui…

25
Incroyable !

La halle de la grange aux Dîmes se vidait. On avait crié la fin de la vente des cuirs et peaux, et les marchands commençaient à replier leurs étals. C'est alors que Garin aperçut quelque chose d'étrange sur celui du boursier-gantier. Il observa :

– Drôle de bourse.

Il s'agissait d'un cylindre de cuir cousu sur un fond circulaire comme celle de Pétronille (ou plutôt de son oncle). Et pourtant, Garin n'en avait jamais vu auparavant.

– Ma spécialité, répondit fièrement le fabricant.

– C'est vous qui avez inventé ce modèle ?

– En vérité… pas tout à fait. Un acheteur me l'a décrit. Et comme je l'ai trouvé original, j'ai fabriqué plusieurs bourses identiques.

Voilà qui était intrigant !

– Votre acheteur, il habite du côté de Bar-sur-Aube ?

– Non, non, il fait la foire, comme moi.

Alors ça ! La coïncidence était extraordinaire !

– Il vous l'a commandée ici même ? Et en bleu ?

– Comment le savez-vous ?

– Je l'ai vue, cette bourse. Il me semble que c'est chez Simonet le Normand.

L'autre hocha la tête.

Crédiou… Le maquignon s'était fait faire une bourse bleue identique à celle de Pétronille !

Plus une coïncidence coïncide, plus ça coince, vieux proverbe provinois traduit du normand par saint Garin. Il y avait du tripotage là-dessous.

Pourtant, pour faire une copie de la bourse, il aurait fallu la connaître d'avance. Garin réfléchit.

Simonet l'avait eue en main quand Pétronille avait voulu lui acheter Diablat, le premier jour ! Et il avait eu le temps de bien la regarder avant de refuser ses cent livres !

Ce maudit maquignon ne l'emporterait pas en paradis. Il avait fait reproduire la bourse, l'avait remplie de cailloux et échangée par un tour de passe-passe contre celle de Pétronille !

Garin retourna à son chevalet, prit un morceau de parchemin et se mit à écrire. Il ne se sentait tout de même pas très à l'aise. C'était la première fois qu'il faisait un faux. S'il était pris, il risquait la mort.

Mais le maquignon devait leur payer ça. Si ce maudit Simonet n'avait pas dupé Pétronille, elle aurait son cheval depuis longtemps, lui n'aurait pas goûté à la prison, et Artus ne serait pas dans les pires ennuis.

Il fouilla dans son écritoire. Il n'avait plus de cire à cacheter. Il jeta un coup d'œil au coin du garde des foires. Maître Maquart était une nouvelle fois absent. Et, cette fois, il était parti si vite qu'il avait oublié son coffret.

Garin bondit vers la table, chauffa le bâton de cire jaune et en fit couler un rond au bas de son parchemin.

Puis il revint à sa place et appliqua sur la cire encore chaude le denier qui lui servait de sceau personnel. Enfin, esquissant rapidement son signe de protection, il sortit.

Saint Garin, restez serein. Mon faux n'est faux qu'aux yeux des hommes, pas aux vôtres, hein ? Je compte sur vous.

Le marché aux cuirs était fini, mais celui aux chevaux et aux bêtes à cornes se poursuivait, tout comme celui des marchandises au poids. Garin rejoignit l'homme sans cou et sans scrupules.

– Je viens au nom de ma cousine Pétronille, déclara-t-il d'un ton officiel, pour ce document qu'il vous faut honorer.

– De quoi que tu me causes ?

Garin déploya le parchemin et lut :

– « Pétronille, vendeuse de drap, a remis ce jour à Simonet le Normand, marchand de chevaux, une bourse contenant la somme de deux cent trois livres, à charge pour lui de la lui rendre à l'instant où elle la lui réclamerait. »

– Qu'est-ce que c'est que ça ?

Sans se démonter, Garin poursuivit sa lecture :

– « Pour prix du service, ledit Simonet conservera la somme de trois livres. »

Il fallait quand même que le marché paraisse raisonnable aux yeux d'un éventuel juge.

Scandalisé, le maquignon s'exclama :

– J'ai jamais vu ça, moi !

– Pourtant vous l'avez signé, fit Garin d'un ton patient.

– Ça m'étonnerait, j'sais pas écrire.

– Justement, c'est signé d'une croix, voyez vous-même.

Le maquignon se pencha sur la feuille et, là, se mit en colère.

– C'est pas moi ! Sale voleur ! Ça ne va pas se passer comme ça !

Garin regarda vite autour de lui.

– Je vous conseille de baisser le ton. Si ce document est un faux, on se demande ce qu'est cette bourse. (Il sortit de sa chemise la bourse qui avait contenu des cailloux.)

– C'est celle que m'a donnée cette voleuse ! s'emporta Simonet.

– Ah oui ? On pourrait poser quelques questions au boursier qui l'a fabriquée.

Simonet demeura un instant interdit, puis il bredouilla :

– Qu'est-ce que c'est que ces manigances ? Je ne sais pas qui l'a fabriquée, elle était à ta cousine.

– La différence avec la bourse que vous a donnée Pétronille n'apparaît pas au premier coup d'œil, c'est vrai, seulement le boursier de la grange aux Dîmes reconnaîtra son travail. Un travail qu'il a effectué suivant la description précise d'un certain Simonet, originaire de Normandie.

Le maquignon verdit. Garin poussa son avantage :

– Une imitation pleine de cailloux contre un original plein d'écus d'or, vous y gagniez au change, non ? Rendez-moi la véritable bourse, et je ne porte pas plainte.

L'autre, atterré, ne répondit pas. Garin insista :

– Et dépêchez-vous avant que je change d'avis et que je vous envoie vous balancer au bout d'une corde.

Il posa son écritoire sur une pierre et en sortit sa corne à encre et une plume.

– Alors ? J'écris en dessous : « Rendu à Garin, à charge pour lui de remettre la somme à la susdite Pétronille, le dix juin mil trois cent cinquante-sept » ?

Il trempa la plume et la tint au-dessus de la feuille en faisant semblant de réfléchir.

– J'y pense… Si je vous dénonce, Pétronille récupérera à la fois son argent et un dédommagement pour la tromperie… Oui, ce serait plus intéressant pour elle…

– Combien que tu dis que je dois ? grommela le maquignon.

– Deux cents livres, soit cent vingt écus d'or, ou quarante-huit mille deniers.

Le Normand passa la main dans sa ceinture, extirpa de l'intérieur de ses braies un long sac gonflé de pièces dans lequel il puisa la bourse bleue de Pétronille.

Garin se sentait incroyablement léger en arrivant à la halle au drap. Messire Gilbert finissait de charger ses ballots de laine ; il avait si bien vendu qu'il devait rentrer à Châlons se réapprovisionner pour la foire de Troyes.

– Si j'ai bien compris, remarqua le scribe, vous avez fait de bonnes affaires grâce à ma cousine.

– Je le reconnais. En récompense, j'ai payé sa pension à la halle jusqu'à la fin de la foire. Je la regretterai, tu sais.

– Elle est pourtant très mal élevée.

– Mais bien agréable comme compagnie. Tu vois, tu n'avais pas tellement tort, une femme modeste et réservée est nettement plus ennuyeuse. (Il rit d'un air gêné.)

– Et votre manuel ?

– Je crois que je vais l'abandonner.

Garin rit aussi. Décidément, tout marchait bien, ce matin. Il fila jusqu'au chariot d'Artus.

– Ça y est ? s'informa Pétronille qui attendait avec Héloïse la libération du jongleur. Messire Gilbert est parti ?

– On dirait que tu le regrettes, s'amusa Garin.

– Il n'était pas si désagréable, finalement.

– Un peu idiot quand même, ironisa Garin, la preuve : il te regrette aussi.

– Oh ! s'exclama Pétronille en lui bourrant l'épaule de coups de poing.

Et ils éclatèrent de rire. Elle aussi avait beaucoup changé. Elle annonça :

– J'ai découvert où est gardé Diablat. Dans une écurie, près de la tour aux Pourceaux. Je ne me suis pas montrée, mais je sais que personne n'a encore réussi à lui poser une selle sur le dos.

– Et comment comptes-tu le racheter ? s'intéressa Garin.

Il attendit qu'elle pousse un long soupir avant de finir :

– Avec ça, peut-être ?

Et il sortit la bourse bleue de sa chemise. Les yeux qu'elle ouvrit le consolèrent d'avoir risqué la pendaison.

Ils furent interrompus par une sonnerie de trompe.

– Qu'est-ce qui se passe ? questionna Garin.

Un passant lui répondit :

– Je crois qu'on va pendre la femme qui a tué son époux d'un coup de pilon à broyer les sauces.

Ils regardèrent vers le pilori. Il avait effectivement été transformé en échafaud. Le poteau central était devenu potence, il y pendait une corde terminée par un nœud coulant.

Une nouvelle sonnerie signala que le cortège de la condamnée quittait le donjon. S'avançant le premier, le crieur public proclamait la sentence. Comme ils étaient loin, ils n'en perçurent d'abord que la fin :

– … condamnée à être pendue et étranglée jusqu'à ce que mort s'ensuive.

– « Pendue ET étranglée », commenta avec satisfaction le passant. On ne la fera pas tomber de haut pour qu'elle se rompe les vertèbres et meure sur le coup, on la laissera s'étrangler lentement. Va y avoir du spectacle, une petite *danse des pendus* bien distrayante.

– Chut, souffla Garin en tendant l'oreille.

Le cortège s'approchait et, là, ils comprirent le début de la proclamation. La foudre leur tomba dessus.

– Artus l'Élégant, jongleur, pour avoir rédigé des fausses lettres de foire, est condamné à être pendu et étranglé…

Ils se regardèrent, épouvantés.

Le souffle court, ils guettèrent l'arrivée du cortège sur la place, espérant encore se tromper. Hélas, l'Élégant apparut, exposé debout dans la charrette des condamnés que précédaient le crieur, le bourreau et ses aides. Six gardes armés l'encadraient.

En apercevant leur visage défait, il se mit à chanter :

– *Hé ! Bourreau !*
Tu veux me mettre la corde en haut,
Mais toi aussi tu passeras
Très bientôt de vie à trépas.

La foule en resta muette d'étonnement. On n'avait jamais vu pareille bravade, et certains furent pris d'un rire nerveux.

La dramatique procession ne s'arrêta pas à l'échafaud, elle prit un virage et descendit vers la ville basse. Elle devait parcourir toutes les rues, pour que personne ne reste dans l'ignorance de l'exécution. Les badauds suivirent le distrayant cortège tandis que Garin, le cœur tambourinant jusque dans les oreilles, demeurait pétrifié.

La procession avait disparu depuis un moment, quand il s'aperçut que le garde des foires et le religieux qui avait été juge au procès étaient restés sur place. Il se précipita vers eux.

– Maître Maquart, que s'est-il passé ? Pourquoi l'avez-vous finalement condamné ?

Le garde des foires sourit.

– Tu crains de n'avoir pas réussi ta première plaidoirie ?

– Je croyais que mes arguments…

– Ils étaient excellents, rassure-toi, tu t'en es fort bien sorti. Seulement… (il haussa les épaules d'un air fataliste) il nous faut un exemple. Cette affaire de fausses lettres de foire est trop grave. Le spectacle de la mort qui guette les faussaires dissuadera le véritable coupable de poursuivre ses crimes.

– Mais Artus est innocent ! Vous allez tuer un innocent !

– S'il l'est, rassura le religieux, Dieu le reconnaîtra et lui ouvrira son paradis.

Quel veinard, ce jongleur !

Crédiou, il fallait faire quelque chose.

26
La dernière chance

Héloïse. Elle seule pouvait faire quelque chose ! Garin courut vers l'église Saint-Thibault.

Il crut rêver : la carriole de la jeune fille n'était plus là. Il ne restait que le chariot d'Artus et Pétronille qui sanglotait. Il s'affola.

– Où est Héloïse ?

– Elle est partie.

– Où ?

– Je ne sais pas. Elle ne voulait pas assister à ça, elle s'en est allée (elle désigna d'un geste vague la rue de droite).

Crédiou ! Héloïse avait quitté la ville !

Plantant là Pétronille, Garin fonça dans la direction indiquée.

Les badauds qui affluaient vers le lieu du supplice bouchaient la rue. Il n'avait pas le choix. Accompagné par des cris de colère, il renversa un étal de chandeliers, embrassa la tête d'un âne, sauta par-dessus un tonneau, louvoya entre les passants. Un chien, surpris, se mit à courir derrière lui.

Il arriva à se glisser au milieu de la rue, où l'espace était plus dégagé parce qu'occupé par le ruisseau d'immondices. Il s'éclaboussa de liquide puant, mais il s'en moquait. Il apercevait la porte de Jouy, là-bas !

Le chien se lassa le premier de la course, arrêté en plein effort par le fumet d'un os de poulet avarié. Garin continua de foncer droit devant.

Pourvu qu'Héloïse n'ait pas franchi la porte !

N'était-ce pas sa carriole qu'il distinguait ? Si ! Elle était arrêtée.

Une nouvelle frayeur le prit. Et si c'étaient les gardes qui l'avaient arrêtée ? S'ils avaient quelque chose à lui reprocher, s'ils la retenaient ici, Artus était fichu.

Crédiou ! Un garde tenait sa mule par la bride !

Un second mit la main sur son épée en voyant Garin accourir.

– Halte !

– Je..., souffla Garin hors d'haleine. Je... je veux juste...

– Personne ne sort. Il est interdit de quitter la ville pendant l'exécution d'un condamné, c'est la loi.

Le scribe en resta pantois. Quelle bienheureuse loi !

– Je... venais juste prévenir cette jeune fille... qu'elle a oublié quelque chose sur la place.

Héloïse tourna la tête vers lui. Elle avait les yeux rouges et sa voix trembla un peu quand elle demanda :

– Oublié quoi ?

– Viens voir toi-même.

– Non non. Si j'ai oublié quelque chose, c'est à toi, je te le donne.

Crédiou, ça n'allait pas du tout, ça !

– De toute façon, répliqua le garde, vous retournez l'un et l'autre sur la place. Non seulement vous ne pouvez pas quitter la ville, mais la loi vous oblige à assister à l'exécution.

– Je n'irai pas, s'entêta Héloïse.

– Si, souffla Garin. Tu viens. Tu viens avec moi.

Le garde se fâcha :

– Ou vous y allez de votre plein gré, ou on vous y emmène de force. Et ça vous coûtera en plus une amende pour le dérangement !

– Viens, répéta Garin.

Il prit la mule par la bride et lui fit faire demi-tour.

Plus ils avançaient, plus Héloïse marchait vite. Maintenant, elle avait terriblement peur de rater l'exécution. Pourvu que tout aille bien ! Saint Clément, soyez clément.

Quand ils arrivèrent sur la place, celle-ci était noire de monde, et le terrible cortège y revenait déjà par la rue Saint-Jean. Artus se tenait toujours aussi droit sur sa charrette. Apercevant l'échafaud qui l'attendait, il se mit à chanter :

– Hé ! Bourreau !
Moi je vais faire le grand saut
Toi tu auras encore le temps,
D'avoir mal aux pieds, mal aux dents.

La foule s'agita, ne sachant si elle devait rire ou pleurer. Le jongleur donnait son dernier spectacle.

Abandonnant la carriole, Garin attrapa la main d'Héloïse et, la tirant derrière lui, piqua droit sur l'échafaud. Le crieur ne cessait de répéter bien haut le terrible verdict, et les badauds s'écartaient avec crainte sur le passage du bourreau. Les gardes de l'escorte, tendus, guettaient les mouvements de foule qui auraient pu contrarier le bon déroulement de l'exécution, mais il n'y avait sur les visages que de la curiosité, et un chemin se traçait tout seul devant la charrette du condamné.

Quand Héloïse et Garin arrivèrent enfin à la sinistre estrade, Pétronille y était déjà. Elle se précipita vers eux.

– J'ai payé le bourreau, je lui ai donné pour cinq livres d'épices !

– Payé ? fit Garin, suffoqué. Pour qu'il ne pende pas Artus ?

Elle fondit en larmes.

– Non, ça, ce n'était pas possible… (Elle eut un sanglot.) La seule chose que le bourreau puisse faire est de monter sur ses épaules pour qu'il s'étrangle plus vite et souffre moins.

Elle se cacha le visage dans les mains.

– Crédiou ! souffla Garin, j'espère qu'on n'en arrivera pas là.

– Bourreau, saligaud,
J't'attendrai là-haut…

Tous les yeux étaient maintenant rivés sur le jongleur qui grimpait au gibet derrière le bourreau. Qu'il continue à chanter en un moment pareil sidérait. Et tout en montant, il secouait l'échelle, obligeant le bourreau à s'y agripper.

– Oh ! criait la foule. Oh !

Et on commença à rire et à plaisanter.

– Dans ta fenêtre de chanvre[1],
Tu voudrais que j'entre…

Le prévôt qui, sur l'estrade, supervisait l'exécution, fit signe au héraut qu'il sonne de sa trompe pour couvrir la chanson, puis au crieur de répéter une dernière fois la condamnation.

– « Artus l'Élégant, jongl…

1. Image désignant le nœud coulant de la corde.

– *Pour vous servir,*

Pour vous ravir, entonna le jongleur.

Mêlés aux paroles de son couplet, Garin ne perçut que vaguement les mots « fausses » et « pendu » de la sentence.

– Arrêtez ! cria-t-il alors. J'ai une demande !

Le prévôt, heureux de cette diversion qui faisait un peu oublier le ridicule de la situation, interrogea d'une voix très officielle :

– Quelqu'un a-t-il quelque chose à déclarer avant la pendaison ?

Le silence se fit peu à peu. Tout le monde regardait vers Garin. Pourtant, ce ne fut pas lui qui prit la parole, mais Héloïse :

– Je demande à épouser cet homme.

Garin vit les yeux de Pétronille s'ouvrir immensément. Sainte Victoire, donnez-nous la victoire.

On aurait entendu une mouche voler. Le prévôt parut embarrassé, puis se pencha pour consulter les autres notables.

Des chuchotements montaient de la foule, on se dressait sur la pointe des pieds pour tenter d'apercevoir la jeune fille qui avait parlé.

Artus, lui, contemplait Héloïse d'un air à la fois incrédule et émerveillé.

Enfin, le prévôt se redressa et annonça :

– Comme le prévoit la loi, il est possible d'obtenir la grâce d'un condamné à mort en demandant à l'épouser au pied du gibet. Et à condition qu'il y consente.

– J'accepte ! s'exclama Artus.

Il se laissa tomber de l'échelle – souplement malgré ses mains entravées – et, avant qu'on puisse l'arrêter, il sauta de l'estrade. L'instant d'après, il était dans les bras d'Héloïse.

Le prévôt cria en tentant de couvrir le brouhaha :

– La peine est alors commuée en bannissement à perpétuité !

Artus n'écoutait rien, il déposait des baisers fous sur le front, les joues, les yeux d'Héloïse. Il ne s'arrêta même pas pendant qu'on lui déliait les mains. Libéré, il la souleva dans ses bras et sans cesser de l'embrasser l'emporta à travers la foule.

Ça criait, ça riait, on n'avait jamais vu une exécution aussi distrayante.

– Le prévenu est condamné, s'égosilla le prévôt, à ne plus jamais s'approcher de la bonne ville de Provins ni de sa banlieue. Que personne ne l'y reçoive, ne l'y héberge, ne l'y aide sous peine d'être banni à son tour.

Mais tout le monde s'en moquait.

Enfin, des gardes coururent après les deux amoureux pour les arrêter dans leur fuite. On les ramena sous bonne escorte… vers l'église Saint-Thibault, où leur mariage fut célébré sur-le-champ. Leurs témoins, Garin et Pétronille, en étaient encore ahuris. Jamais on n'avait vu cérémonie aussi vite expédiée. Jamais non plus on n'avait vu amoureux aussi émerveillés.

N'empêche, Artus n'avait rien écouté, mais Garin, si. Et il savait que tout n'était pas réglé.

27

Réfléchir, et vite !

– Assez ! s'exclama Garin. Arrêtez de vous embrasser, il faut qu'on parle.

– Oui… (Artus lui jeta un bref regard.) Qu'est-ce que tu veux savoir ?

– Je ne veux rien savoir, je veux te dire la loi.

– La loi, je m'en fiche, décréta le jongleur en recommençant à manger de baisers le cou d'Héloïse.

La jeune fille le prit par les épaules et le repoussa avec douceur et fermeté.

– Ne dis pas ça. C'est parce que Garin s'est penché sur ces fameux recueils des lois que tu es toujours en vie.

– Et même, insista Pétronille, que c'était une sacrée corvée.

Artus reprit son sérieux et un air vaguement coupable.

– Excuse-moi, Garin. Je te dois la vie.

– Tu me dois au moins de m'écouter. Tu es gracié, mais tu restes considéré comme coupable. Tes biens vont donc être confisqués.

Artus cessa de plaisanter.

– Ma mule, mon chariot, mes tréteaux ?

– Tout.

Garin laissa planer un petit silence avant d'ajouter :

– Par chance, tu me les as donnés.

– Je te… Ah bon ? s'ébahit le jongleur.

– J'ai même sur moi l'acte de donation.

Et il sortit de sa cotte le parchemin qu'il venait de rédiger.

– « Artus l'Élégant, jongleur de foire, cède à Garin le scribe, en toute propriété, son chariot et ses deux mules. »

– Comment ça, DEUX mules ? s'étonna Artus.

Garin souffla précipitamment :

– Voilà le bourreau, signe vite.

L'homme marchait sur eux à grands pas. Il semblait très en colère, sans doute parce que personne ne l'avait payé pour une exécution qui n'avait pas eu lieu. Aussi, il déclara d'un ton sec :

– Je confisque tes biens.

– Quels biens ? s'exclama Artus avec naturel. Je n'en ai pas.

– Ah non ? ricana le bourreau. Et ton chariot ! Et tes planches ! Et ta mule ?

– Mon avocat m'a tout pris en paiement de ses honoraires. Je trouve que c'est du vol parce que, en réalité, il a perdu le procès. Malheureusement, je n'ai rien pu lui opposer. Et toi, c'est encore pire, tu voudrais être payé alors que tu n'as pas fait le travail.

– Il me démange de le fairc, grinça l'autre. Et j'ai malgré tout préparé l'exécution.

Pétronille intervint avec colère :

– Vous avez déjà les cinq livres d'épices que je vous ai données inutilement !

Artus s'étonna :

– Tu as fait ça ?

– C'est à cause de moi que tu t'es trouvé dans cette

situation. (Elle baissa les yeux.) Vous m'avez tous aidée, alors que vous ne me connaissiez même pas.

Artus et Héloïse sourirent. Le bourreau, lui, pas du tout. Il s'interposa en tendant la main vers Artus :

– Donne ce que tu as sur toi.

– Il n'a plus d'argent, vous le savez, coupa Garin, le geôlier l'a pris, c'était son dû.

– Il l'a pris, confirma Artus.

Le bourreau les fixa tour à tour d'un air scandalisé qui se transforma peu à peu en rictus ironique :

– Puisque celle-ci est maintenant ta femme, déclara-t-il enfin, ses biens sont les tiens.

Et il se dirigea vers le chariot d'Héloïse.

Artus lança à la jeune fille un regard consterné. C'est alors que le bourreau se retourna, sidéré et furieux.

– Quoi ? Ton chariot n'a pas de cheval ?

Garin expliqua :

– Elle le tire à bras. Vous ignorez donc ce qu'est la pauvreté ?

Et il évita de regarder Pétronille de peur d'éclater de rire. Elle s'était très efficacement chargée d'atteler la mule d'Héloïse au chariot d'Artus pendant qu'il rédigeait le prétendu acte de donation. Ça non, ils n'avaient pas perdu de temps.

Tout se déroulait bien. Si bien qu'il mit du temps à réaliser que le bourreau emportait le chariot avec son contenu. Il souffla :

– Mère-grand !

Il voulut s'élancer, mais Héloïse le retint par le bras.

Sans un mot, ils regardèrent le chariot s'éloigner. Crédiou ! Pétronille aurait réussi seule à transporter la vieille femme impotente d'un chariot à l'autre ?

Le bourreau se retourna et avertit :

– Je vous rappelle que vous devez avoir quitté la ville avant ce soir. Sinon, je me ferai un plaisir de vous pendre tous les deux !

– Nous vous regretterons, répondit aimablement Artus.

– Mère-grand, chuchota Garin. Où est-elle ?

Héloïse lui adressa un sourire attristé.

– Mère-grand est morte.

– Morte ? Quand ?

– Il y a près de trois semaines. Entre Bar et Provins.

Garin en resta éberlué.

– Mais… et les prédictions qu'elle m'a faites !

– Que JE t'ai faites, rectifia Héloïse.

– Toi ? Qu'est-ce que c'est que cette blague ? Je l'ai vue dans la carriole il y a à peine quelques jours, quand Pétronille essayait d'accrocher les clients !

Pétronille rectifia :

– Tu as juste vu des yeux derrière les rideaux.

Héloïse ajouta :

– Va savoir pourquoi, les gens préfèrent que ce soient des vieux qui leur disent l'avenir.

– Pourtant, commenta Artus, tu es très forte.

Ils rirent.

Pour le rouge et pour le mauvais sort qu'elle avait vu sur l'Élégant, d'accord, mais pour le jour de chance, ça méritait débat.

– Tu vois, Garin, conclut le jongleur, il n'y a pas que toi qui saches organiser des manigances.

Et il prit Héloïse dans ses bras.

– Bon, lâcha Garin. Viens, Pétronille, ils vont recommencer à s'embrasser et, nous, on n'a pas de temps à perdre.

*

Le lendemain aux aurores, Garin monta dans « son » chariot attelé de deux mules et sortit de la ville.

C'était confortable et économique, de voyager sans user ses souliers. Les mules s'occupaient toutes seules de la route, et ça lui laissa le temps de repasser dans sa tête le bilan esquissé la veille avec Pétronille.

Plutôt mince, le bilan, hélas : ils n'avaient rien trouvé pour résoudre leur second problème, le rachat de Diablat. Parce qu'il manquait maintenant les cinq livres dépensées pour les épices du bourreau. Décidément, on n'en sortait pas !

Cinq livres, ça faisait mille deux cents deniers. Or il en gagnait cent par jour, et Pétronille n'avait plus de travail.

Comment réunir l'argent avant que Diablat ne soit revendu ?

Il soupira. Enfin… ils étaient encore tous vivants, ce qui était déjà remarquable vu les circonstances. Mère-grand n'avait pas tort, avec son histoire de cheval.

Il avait dû parcourir sans s'en rendre compte cette fameuse lieue[1] correspondant à la banlieue de la ville, car il aperçut assez vite Artus et Héloïse qui l'attendaient au bord de la route. Ils lui firent des signes joyeux.

Ils échangèrent les dernières nouvelles en attendant qu'il n'y ait plus personne sur la route, puis Garin sauta du chariot et leur tendit les rênes. L'instant d'après, les mules reprenaient leur chemin comme si de rien n'était.

Le scribe les regarda s'éloigner avec un petit pincement au cœur. Tout se finissait trop vite, mais ils se retrouveraient à la foire de Troyes, ils se l'étaient promis.

Il fit demi-tour et repartit au pas de course. Le soleil illuminait déjà la campagne, et il ne devait pas être en retard à son travail !

Crédiou, dans ce sens-là, c'était plus dur. Peut-être parce qu'il courait. Et qu'il était à pied. *Si tu te fatigues, tu seras plus fatigué que si tu ne te fatigues pas*, vieux proverbe athlétique traduit du fainéant par saint Garin.

En plus, comme il était sorti par la porte des Cordelières, au nord, il dut rentrer par celle des Bordes, au sud, pour que les gardes ne remarquent pas qu'il revenait sans chariot.

Il grimpa en vitesse vers la ville haute et la grange aux Dîmes. Rien à faire, il serait en retard à son travail.

1. Quatre kilomètres.

28

Des larmes au rire

La foire aux cuirs, peaux, et fourrures étant close, de nouveaux marchands faisaient maintenant la queue devant sa place pour obtenir leurs lettres de foire. Seulement personne ne remarqua son arrivée. On ne l'attendait pas ! Quelqu'un était assis devant son chevalet et – aucun doute, hélas – ce n'était pas lui : il faisait deux fois sa taille, trois fois son âge, et portait un chapeau très élégant qu'aucune pluie n'avait jamais avachi. En l'apercevant, l'intrus commenta :

– Pas très sérieux sur l'heure.

Le notaire en titre ! Il poursuivit sans cesser d'écrire :

– Désolé pour toi, mais je suis en mesure de reprendre mon poste. Et ce ne sera pas plus mal pour l'avancement du travail, à ce que je vois.

Ahi ! Il perdait ses cent deniers quotidiens et son logement !

Crédiou de crédiou…

Avec une indicible cruauté, le notaire lui tendit l'écritoire posée sur le banc.

– Ceci est à toi, je pense.

Voilà, elle et lui étaient de nouveau jetés dans le

monde de l'incertitude. Il la passa en bandoulière et rejoignit le coin du garde des foires.

– Ah ! Garin ! s'exclama celui-ci. Je te rends ta liberté, je n'ai plus besoin de toi.

Sa liberté ? Merci bien.

– Tu vas poursuivre tes études d'avocat ?

– Je n'ai pas de quoi les payer, hélas.

Cela ne brisa pas le cœur de Maquart qui haussa les épaules d'un air fataliste avant de remarquer :

– Tu ne t'es pourtant pas si mal débrouillé. Je parie que c'est toi qui as trouvé cette histoire d'épousailles. Je me trompe ?

Garin eut un petit sourire :

– Il n'empêche que mon client n'était pas coupable et qu'il a malgré tout perdu ses biens, y compris le cheval noir.

– Parlons-en, de ce cheval ! Il ne se laisse ni seller ni atteler. Qui voudrait l'acheter ?

Le scribe fit semblant de réfléchir.

– J'ai peut-être une idée… À ma connaissance, une seule personne parvient à le monter. Elle pourrait l'acheter si on en baissait le prix.

– Ça, il n'en est pas question. Il a été déclaré deux cents livres à la justice, et l'utilisation d'un faux étant un crime de lèse-majesté, nous devons la plus grande part de cette somme au roi.

Pfff… Garin proposa :

– Et si la vente se faisait à tempérament ? Que l'acheteuse vous donne dès maintenant la majeure partie du prix, et le solde par la suite.

Maquart réfléchit.

– Dans ce cas, il ne serait à elle que lorsqu'elle aurait tout payé. Avec un délai maximum d'un mois.

– Je vais rédiger l'accord, proposa Garin avant que le vendeur ne change d'avis.

Il emprunta une feuille de parchemin et alla se réfugier sur un étal vide.

« Maître Maquart, garde des foires, déclare vendre à damoiselle Pétronille (il ne savait toujours pas son nom de famille) un cheval noir âgé de six ans pour la somme de deux cents livres, payable en deux fois, cent quatre-vingt-quinze livres sur-le-champ, le reste dans un délai d'un mois. L'animal lui appartiendra alors en pleine propriété. Lettres scellées de notre propre sceau, données à Provins le onze juin, l'an de grâce mil trois cent cinquante-sept. »

Il revint au réduit du garde des foires pour faire apposer la signature, mais l'occupant s'était déjà absenté. Et il était parti si précipitamment qu'il avait oublié le coffret à sceau sur la table.

C'était la deuxième fois que ça arrivait.

Crédiou, on pouvait apposer un sceau sur une lettre comme on voulait !

Il regarda avec méfiance autour de lui, mais personne n'avait fait le moindre mouvement pour s'approcher.

Maître Maquart réapparut très vite, relut la lettre et la signa.

– Quand vous partez, s'enquit Garin, vous laissez le sceau ici ?

– Il ne reste jamais seul, il est sous la surveillance de mon notaire. C'est pourquoi le responsable des fausses lettres ne l'a certainement pas utilisé. Il a dû en fabriquer une imitation. Mais il ne m'aura plus, je viens de détruire l'ancien et de le changer. Celui-ci a une légère différence…

Il le souleva, et Garin s'aperçut que les ronds gravés de chaque côté du bouclier central n'étaient pas à la même place que sur le précédent.

– J'ai pensé à autre chose, reprit maître Maquart, tu dis que la personne qui achète le cheval noir arrive à le monter. J'ai bien envie de lui proposer de s'en occuper en attendant qu'il lui appartienne.

Le cœur de Garin bondit, cependant il n'en laissa rien paraître. Il sembla hésiter, puis déclara :

– Dans ce cas, il faudrait la payer comme palefrenière spécialisée.

Maquart hocha la tête en signe d'accord et ajouta :

– Le problème est que je quitte bientôt la ville pour la foire de Troyes. L'acheteuse doit me suivre tant qu'elle n'a pas payé sa dette.

Incroyable ! L'affaire était donc conclue ? Garin avait hâte de voir la tête de Pétronille quand il le lui dirait.

*

Les jours suivants ne virent pas l'apparition d'une seule fausse lettre de foire. Maître Maquart avait raison, l'exemple du jongleur échappant de justesse à la pendaison avait dû faire réfléchir.

Ou alors le faussaire s'était éclipsé. Les grosses affaires étant finies, il ne voulait pas se mettre en danger pour des broutilles. Peut-être attendait-il la foire de Troyes pour recommencer ?

Pétronille avait de nouveau un emploi – qui ne convenait certainement pas à une jeune fille de la bonne société, mais l'avait-elle jamais été ? Garin, lui, vivotait de petits travaux. Il devait courir partout, sans arrêt, et redoubler d'imagination pour persuader les bourgeois qu'ils avaient besoin de quelques écritures. Un mois, ce n'était pas beaucoup pour rassembler cinq livres.

Il sortait d'une maison où il avait rédigé une lettre, quand il tomba nez à nez avec… le moine aux mille saints.

– Vous avez lâchement lâché vos brebis ? s'amusa-t-il.

– Je dois vendre ma laine pour aider ma communauté, soupira le malheureux.

– Sainte Madeleine, protégez sa laine.

Le moine regarda Garin d'un air interloqué, puis reprit :

– Je comptais aller tout droit à Troyes, mais notre infirmier a besoin de pétales de roses. Heureusement, j'ai déjà de quoi les payer, j'ai revendu une partie de mes ballots de laine à un seigneur. Sais-tu où il y a un changeur pour une lettre de foire ?

Le mot résonna évidemment à l'oreille de Garin.

– On vous a payé avec une lettre de foire ?

– Oui, à l'entrée de la ville. Le seigneur… (il ouvrit le parchemin pour relire) Guillaume de Mérot.

Un autre nom, mais la même écriture que les fausses lettres !

Garin prit le parchemin. Le sceau imprimé… était le nouveau sceau. Ça alors !

– À quoi ressemblait-il, votre seigneur ? demanda-t-il. Un barbu, un petit voûté, un balafré ?

– Non… Non, bredouilla le moine, soudain anxieux. Un grand blond avec une énorme verrue sur le nez.

– Eh bien…, souffla Garin, c'est maître Maquart qui va être content.

29

L'eau est froide, la nuit

Quand le scribe et le moine arrivèrent à la grange aux Dîmes, le garde des foires faisait descendre ses bagages de l'étage en pestant contre les portefaix qui ne prenaient pas assez soin de ses coffres.

– Vous partez ? s'étonna Garin.

– Je pars en avant, oui, pour veiller à l'organisation de la foire chaude[1] et que tout soit prêt à l'arrivée du convoi.

– Euh… C'est qu'il y a un petit problème, maître Maquart. Auriez-vous, par le plus grand des hasards, signé une lettre de foire au nom de… (il ouvrit le parchemin et relut) Guillaume de Mérot ?

Le garde s'empourpra et lui arracha la lettre des mains pour constater l'horreur de ses propres yeux.

– Hernibieu !

Le moine eut un haut-le-corps. On n'était pas loin du blasphème.

– C'est la même écriture, fit observer Garin. Avec le nouveau sceau.

– Merci, j'ai vu ! (Maquart fixa subitement le scribe.)

1. La foire d'été de Troyes.

D'ailleurs, je commence à trouver étrange que tu sois toujours présent quand ces lettres apparaissent.

– Oh ! Vous n'allez pas me soupçonner ! Si je faisais des faux, je me prélasserais dans une confortable hôtellerie au lieu de courir les routes avec mon écritoire.

– Sauf si tu voulais tromper ton monde…, l'assassina Maquart.

Ahi !

– Je t'interdis de quitter Provins avant la fin de la foire de Troyes. Je ne veux plus te voir sur mon chemin.

Alors ça, c'était la meilleure ! Un mois bloqué ici ? En laissant Pétronille se débrouiller seule ?

*

Il faisait nuit noire. Garin se redressa. Il avait attendu la tombée du jour à l'abri d'un des portails de Saint-Ayoul pour avoir moins de chemin à effectuer vers la sortie et moins de risque de se faire prendre. Il voyait à sa gauche les lumières de la porte de Troyes, à sa droite celles de la porte de Changis. Malheureusement, les gardes de toutes les issues avaient l'interdiction de le laisser sortir.

Il chargea son sac et son écritoire sur le dos. Les départs l'excitaient toujours, mais là…

Il quitta en silence son refuge pour ne pas réveiller les mendiants qui dormaient, longea la belle grosse maison fortifiée – cœur de la foire d'automne – et tourna dans une ruelle, puis une autre, et une autre, et posa finalement le pied dans l'eau froide des marécages. C'était, hélas, bel et bien son chemin, à la fois plus humide et plus sûr que la rue de Changis.

Il avança avec prudence jusqu'à ce qu'il ait les pieds carrément dans un ruisseau, puis poursuivit avec lenteur pour ne pas faire de bruit. En entendant le murmure plus rapide de l'eau, il jugea qu'il était en train de rejoindre la rivière au pont-qui-pleut. Il avait bien fait de se renseigner : ce pont n'était destiné ni aux pieds ni aux roues, mais à la rivière Voulzit, à laquelle il permettait de franchir les fossés sans s'y perdre.

Eh bien lui non plus, il ne s'y perdrait pas.

Enfin, il l'espérait.

Brrr… Même en juin, l'eau est froide, en pleine nuit. Il ne l'avait encore jamais expérimenté, et ça ne lui avait pas manqué. Dommage que ce soit la seule façon de franchir les remparts sans passer par les portes !

Son écritoire et son sac sur la tête, il remonta le courant.

Évidemment, l'endroit où la rivière traversait les remparts était obstrué par des grilles, seulement aucun soldat ennemi n'avait jamais été aussi mince qu'un scribe affamé, et les barreaux ne s'en méfiaient pas. Rentrant son ventre et retenant sa respiration, il se glissa…

*

– Dépêchons ! Dépêchons !

Chariot après chariot, la longue colonne des marchands passait le pont-levis de la porte de Changis. L'escorte avait donc choisi de gagner Troyes par la route de Nogent.

Les chevaux attendaient déjà dehors en s'abreuvant à la rivière. De son refuge entre les arbres, Garin apercevait Pétronille au milieu d'eux. Plusieurs fois, elle avait fouillé les alentours du regard pour déceler sa présence, mais il ne s'était pas manifesté. Cette fois, c'était elle qui avait un conduit de foire et, en tant que cousin, il comptait bien se greffer dessus.

Il ne pouvait se joindre au convoi ? C'était mal le connaître, il avait une fâcheuse tendance (fâcheuse pour les autres) à s'accrocher comme un pou à son cheveu.

D'autant que les soldats de l'escorte ne le connaissaient pas, puisqu'ils n'étaient arrivés que la veille au soir. Impossible de rater cet heureux concours de circonstances !

Le convoi s'engagea enfin sur le chemin. Garin ne bougea pas. Il attendit le passage des derniers chariots, puis le départ des chevaux qui fermaient la marche, avant de se lever et de suivre à distance.

Il marcha pendant une heure à l'abri des bois, après quoi il jugea qu'il pouvait se rapprocher du convoi. Il se glissa au milieu du troupeau si discrètement que Pétronille ne le vit même pas.

– Un mélange de suif de bouc, de cire, de térébenthine et de résine en parties égales, expliquait-elle à un palefrenier, et vous en enduisez les pieds des chevaux.

Diablat, moins occupé à bavarder, aperçut Garin, lui, et il s'offrit une petite danse de satisfaction qui éveilla enfin l'attention de Pétronille. Elle se retourna, et le sourire soulagé qu'elle lui adressa le récompensa de sa peine.

– Tout va bien ? demanda-t-elle à voix basse en s'écartant un peu du groupe.

– Humidement.

– Moi, ça va. Je gagne trente deniers par jour pour m'occuper des chevaux pendant le voyage. Avec ce que j'ai économisé, ça me fera une livre à l'arrivée.

– J'ai une livre aussi, l'informa Garin. Il nous en manque encore trois. Si je pouvais résoudre l'énigme des fausses lettres de foire…

Ils se turent et réfléchirent.

– Je trouve ça incroyable, reprit Pétronille. Toujours la même écriture, la même signature, le dernier sceau en date…

– Et on a affaire chaque fois à une personne différente ! (Garin compta sur ses doigts.) Un barbu, un bossu, un balafré, un blond avec une verrue.

Ils marchèrent encore un moment en silence puis, subitement, Garin demanda :

– Comment décrirais-tu le palefrenier avec lequel tu parlais ?

Pétronille eut une petite grimace.

– Moyen, pas très beau… Pourquoi ?

– Et le marchand d'ivoire ?

– Assez grand, vêtu de brun…

– Tu vois. Dans l'ensemble, les gens sont plus ou moins grands, gros, beaux, mais peu d'entre eux ont un physique caractéristique.

Pétronille le regarda, surprise.

– Et pourtant, reprit-il, les faussaires ont tous une particularité. Barbu, bossu, avec cicatrice ou verrue… Bizarre, non ? À croire que cette particularité est juste destinée à attirer l'attention.

– Tu veux dire… qu'elle serait fabriquée ?

– Pourquoi pas ? De manière à ce que la victime s'en souvienne bien, et ne se souvienne que de ça.

Garin songea aux petits mendiants qu'il avait connus[1] et reprit :

– Une cicatrice, ça peut s'imiter avec de la glu et de la couleur. Des cheveux, ça se blondit.

– Une verrue, ça se fabrique, et on peut se voûter si on veut.

– On peut aussi raser sa barbe ! (Il s'interrompit brusquement.) Non, ça ne va pas. Une barbe disparaît vite, mais elle met du temps à pousser. Or personne ne connaissait ce barbu.

Il réfléchit. Il y avait un détail qui n'était peut-être pas calculé. Ce qu'il avait aperçu par le plus grand des hasards, parce qu'il couchait sous des tréteaux : les estivaux de velours.

– Je reviens, souffla-t-il.

Et il remonta le convoi à grands pas. Il aurait dû y penser avant !

1. Voir *Le Souffle de la salamandre*.

30
Les secrets de Pétronille

Le chariot de l'homme qu'il cherchait se trouvait entre celui du savonnier et celui du marchand de pots en cuivre. Il s'agissait d'un cordonnier. Garin l'apostropha :

– J'aurais besoin de nouveaux souliers, en auriez-vous de tout prêts, à ma taille ?

L'homme lui jeta un regard interloqué.

– Je suis maître cordOUAnnier, asséna-t-il avec hauteur, je ne travaille que le cordOUAn.

Sous-entendu que Garin n'avait pas une tête à en porter. Ni une tête ni des pieds. Il n'avait d'ailleurs pour l'instant même pas les moyens d'acheter des souliers en mouton galeux, alors du bouc de Cordoue !

– Vous n'avez donc rien pour moi ?

– Rien.

– Ce n'est pas grave, j'achèterai à Troyes. Je viens par chance de faire un petit héritage de… mille livres.

Il fallait modérer ses prétentions. *Si tu veux qu'on te croie, choisis un mensonge crédible*, vieux proverbe cordouan traduit du troyen par saint Garin. Il poursuivit :

– Il est pitoyable de voir que ceux qui peuvent s'offrir la qualité sont justement ceux qui n'en ont aucun besoin, vu qu'ils vont à cheval. Pour une fois, moi qui suis toujours sur les routes, je vais m'acheter quelques paires de bonnes et belles chaussures.

L'homme changea vite de ton.

– Soyez tranquille, je vous en aurai. Je suis le meilleur cordouannier de France et de Champagne.

– Ah ! Du cordouan... Mais j'avais aussi envie d'estivaux.

L'autre rit, tout excité de la bonne affaire qui se présentait :

– J'ai le droit de fabriquer toute chaussure précieuse. Cela comprend les estivaux, en velours ou en soie. Cependant, je vous les déconseille. Les estivaux ne supportent pas la pluie, ça rétrécit, et pour un homme qui vit sur les routes...

– En tant que scribe, je fréquente aussi les châteaux. (Garin fit semblant de réfléchir.) J'hésite... J'aimerais connaître quelqu'un qui se soit déjà fait faire des estivaux en velours rouge par vos soins.

– Rouge ? J'en ai justement vendu à Provins.

– À qui donc ?

– À... À qui, déjà ? (Le cordouannier porta la main à son front.) Ma mémoire me joue des tours.

Crédiou... ! Saint Gace, ne m'agacez pas !

– Impossible de m'en souvenir, finit l'homme avec cruauté.

À Nogent-sur-Seine, les marchands de sel refirent leurs provisions aux greniers du port et s'embarquèrent sur la rivière pour remonter jusqu'à Troyes. Ceux qui avaient tout leur matériel sur des ânes ou des mules – les orfèvres, les marchands d'épices ou de plantes à teinture – les imitèrent. Les autres poursuivirent par la route avec leurs chariots.

Garin aussi. Et pas à cause de son chariot. Son bagage était léger mais sa bourse aussi, et le prix du voyage par eau l'aurait étranglée. C'est toujours ceux qui ne peuvent pas se payer de chaussures qui doivent les user.

Au soir, ils arrivèrent au Paraclet. Et, curieusement, au lieu de se précipiter pour avoir les meilleurs lits à l'hôtellerie du monastère, tous laissèrent leurs chariots dans la cour pour entrer dans une vieille chapelle.

Intrigués, Garin et Pétronille suivirent.

C'est là qu'ils apprirent que ce « petit moutier » abritait les sépultures d'Abélard et d'Héloïse. Séparés toute leur vie, les amants célèbres ne s'étaient rejoints qu'ici, dans la tombe. Le caveau fermé par une dalle occupait le pied de l'autel, et les marchands défilaient devant pour murmurer des demandes de protection avant de ressortir en vitesse s'occuper de leurs affaires.

Pétronille et Garin, qui n'avaient aucune affaire urgente à régler, s'assirent sur la couche de paille prévue pour le repos des pèlerins.

– Si je n'avais pas voulu racheter Diablat, remarqua Pétronille, Artus n'aurait pas été condamné à mort. Alors, notre Héloïse et lui ne se seraient peut-être jamais trouvés.

Garin rit. Il valait mieux voir le bon côté des choses. Parce que, depuis le début, le cheval noir les avait quand même menés d'ennuis en catastrophes.

Dans la chapelle silencieuse, seuls avec Diablat qui mâchonnait des brins de la paille sur laquelle ils étaient assis, ils comptèrent leur fortune. Avec les douze deniers que Garin avait gagnés pour un testament et une prière à saint Antoine, on était, hélas, encore loin du compte.

– Il faut qu'on en finisse ! (Garin prit l'air préoccupé.)

Ça fait longtemps que tu es partie, ta mère doit s'inquiéter.

Pétronille tomba dans le piège :

– Je n'ai pas de mère.

– Tes frères, tes sœurs…

– Je n'en ai pas non plus.

– Ton père, alors ?

– Mon père se fiche bien de moi. Tout ce qu'il attend, c'est que j'aie quatorze ans, pour me marier avec un fils de drapier.

– Ton père est donc drapier…

Pétronille fronça les sourcils.

– Il est drapier, reprit Garin, il habite Bar-sur-Aube… Alors il connaît Gilbert de la Pisserote !

Cette fois, elle haussa les épaules.

Garin la regarda, puis l'imita successivement se renfrognant, fronçant les sourcils, haussant les épaules. Elle se retint un moment et, enfin, pouffa.

– Ce n'est pas drôle ! affirma-t-elle cependant. Tu mènes une enquête ou quoi ?

– Les enquêtes, c'est ma manie.

– Pardonnez-lui, sainte Théophanie.

Garin ne put s'empêcher de rire. Puis il protesta :

– Ne cherche pas à détourner la conversation. Je ne sais pas ce que t'a fait ton père, mais tu ne peux pas fuir éternellement.

Elle ne répondit pas.

– Je vois, reprit-il d'un ton ostensiblement apitoyé. Tu es comme moi. Ton père sait à peine que tu existes et, pour manger, tu devais fouiller dans les tas d'ordures.

– Bien sûr que non !

– Ah ! Alors c'est qu'il te battait… Je connais. Si, par malheur, il t'aperçoit à une heure où il a trop bu, c'est-à-dire chaque jour à partir du milieu de matinée, il saisit son fouet en te fixant d'un air sournois, comme un serpent guettant sa proie.

Elle le considérait avec stupéfaction. Il poursuivit comme s'il ne s'en apercevait pas :

– Je vais te donner une astuce : ne te fais surtout pas coincer dans un endroit sans issue. Il faut travailler la vitesse pour fuir et la souplesse pour éviter les coups. Mais, attention, les éviter complètement. Parce que si tu n'as pas bien évalué la longueur du fouet et que l'extrémité t'atteint, ça te fait une sacrée coupure. Si tu ne peux pas t'éloigner assez, mieux vaut t'approcher. Là, ça te fait un bleu orné d'une strie si tu t'attrapes quand même la lanière de cuir, un bleu simple si c'est le bois qui te frappe. En tout cas la blessure guérit plus vite.

Pétronille le fixait avec des yeux ronds.

– Mon père ne ferait jamais ça, émit-elle enfin.

Il avait touché juste, elle n'avait pas la moindre idée de ce qu'était une enfance malheureuse. Il reprit :

– En tout cas, la route, c'est dangereux. Ce ne sera pas toujours l'été, tu n'auras pas toujours un conduit des foires pour te protéger. Il y a des brigands, des loups, la maladie, le froid, la faim. Sans compter les fourmis dans le miel et les asticots dans le fromage.

Pétronille le regarda avec un soupçon d'amusement dans les yeux et compléta :

– Et le mal aux pieds.

– Ah ! Pour ça, j'ai un saint protecteur : saint Malo.

Ils rirent.

– Tu peux me raconter, demanda Garin, ce qui s'est passé avant que je te voie monter dans le chariot de chardons à la foire de Bar ? Si ton père ne te frappe pas et te nourrit à ta faim, pourquoi t'es-tu enfuie ? Il ne t'aime pas ?

– Si, il m'aime !

– Ah bon ?

Elle soupira et secoua la tête avec agacement.

– J'étais heureuse jusqu'à ce qu'un de ses amis le persuade qu'il n'était pas assez sévère avec moi. Paraît-il qu'il est malséant pour une fille de courir à cheval, surtout en montant à califourchon. J'ai refusé qu'on me mette une selle de femme[1], alors mon père a revendu Diablat.

– Il l'a revendu à messire Gilbert…

– En plus, s'emporta Pétronille, je n'avais plus le droit de parler sans qu'on m'interroge, de sortir seule, de regarder par la fenêtre.

Oh ! Ça rappelait quelque chose, ça…

– Soi-disant qu'on doit m'apprendre à obéir pour que je sache obéir ensuite à mon mari. Que si je ne suis pas assez docile, aucun homme ne voudra de moi.

– C'est juste, approuva Garin. Aucun vieux barbon, aucun grognon, aucun bonnet de nuit, tu y perdrais beaucoup.

Ils s'esclaffèrent.

– Heureusement que je t'ai rencontré, soupira Pétronille. Je sais maintenant que tous les garçons ne sont pas d'affreux épouvantails.

Eh eh… C'était un compliment, ça, non ?

– Alors, reprit le modèle du garçon parfait, c'est messire Gilbert qui a persuadé ton père de suivre ses méthodes d'éducation, hein ? C'est pour toi qu'il me faisait écrire son manuel de la femme idéale !

Et Garin se mit à rire sans plus pouvoir s'arrêter.

1. Les selles de femme permettaient de se tenir les deux jambes du même côté.

– Eh bien…, hoqueta-t-il, il y a… du travail !

– Je ne trouve pas ça drôle du tout.

– Ah ah ah ! Moi non pluuuus… ! (Garin essuya ses larmes.) D'ailleurs… Pisserote a commencé à changer d'avis. Et le plus fort… (il se tapa gaiement sur la cuisse), c'est que c'est toi qui l'as fait changer !

– Et toi, en te moquant de lui, observa Pétronille.

– Oui, je me suis même fait renvoyer… Ah ah ah ! (Il reprit un peu de sérieux.) Mais… il ne t'a pas reconnue ?

– Il ne m'avait jamais vue.

– Ah… Je commence à comprendre. Voilà pourquoi tu

ne voulais pas qu'il sache que tu connaissais ce cheval. Au début, tu faisais même semblant d'en avoir peur. S'il avait su que tu pouvais le monter, il aurait découvert qui tu es.

Elle eut un vague hochement de tête.

– Que vas-tu faire, maintenant ?

– Racheter Diablat, répondit Pétronille.

Ce n'était pas le sens de sa question, et elle le savait très bien, mais il n'insista pas.

Un garde de l'escorte apparut à la porte et lança, l'œil sévère :

– Le cheval rentre à l'écurie avec les autres, ordre du garde des foires.

– Oh ! Ça va ! répliqua Pétronille. Je ne vais pas me sauver avec !

Elle regarda Garin, et ils pouffèrent. Non, pour la douceur et l'humilité, ce n'était pas encore ça.

Elle s'éloigna vers l'écurie et Garin demeura songeur. Il y avait une chose que Pétronille ignorait…

31

Chaude, la foire, chaude !

Quand le convoi arriva en vue de Troyes, le cordonnier n'avait toujours pas retrouvé la mémoire. L'ancienne voie romaine qu'ils avaient suivie arrivait à une lourde porte d'entrée arc-boutée sur ses grosses tours. Maître Maquart y accueillait les marchands ! Crédiou…

Garin s'arrêta. Derrière les remparts étaient massés d'innombrables clochers… Dans une ville aussi grande, les portes ne devaient pas manquer, inutile d'insister pour passer par celle-là.

– On se retrouve à l'intérieur, souffla-t-il à Pétronille.

Et il s'esquiva.

Il suivit les remparts, tourna avec eux à angle droit, laissa passer une porte, deux…

Ici, ça devait aller. Une tour plate et bon enfant s'avançait vers lui, avec juste un passage voûté… mais tout de même deux gardes.

Il leur montra qu'il n'avait rien à vendre, ni dans son écritoire fatiguée, ni dans son sac lessivé par ses pertes aux dés. Il ne faisait commerce que de sa tête et de ses mains, qui ne payaient pas de taxe d'entrée.

– La fortune te sourit, beau damoiseau !

– Je connais tes prédictions, sorcière, et je n'ai pas un denier à dépenser. (Héloïse et lui s'embrassèrent gaiement.) Si tu peux me prédire gratuitement l'endroit où je logerai cette nuit…

– Il y a l'hôtel-Dieu Saint-Nicolas pour les pèlerins et les miséreux.

Garin fit la grimace.

– Ils prennent aussi des hôtes payants, précisa Héloïse.

– Euh… Payer ne m'arrange pas non plus. Comment s'organise la foire, ici ?

– Elle occupe le centre-ville.

– Tu trouveras près de Saint-Jean,
Les corroyeurs et les merciers,
Les orfèvres et les drapiers
Dans la grand-rue sont forgerons
Rue Notre-Dame, les épiciers.

– Salut à toi, Artus !

Ils se frappèrent amicalement dans la main.

– Pétronille n'est pas avec toi ? demanda le jongleur.

– Elle fait partie des officiels à conduit de foire, elle entre par la grande porte.

Il s'interrompit. Le groupe des marchands remontait déjà la rue principale, précédé par… des estivaux de velours rouge !

Il crut avoir la berlue. Maître Maquart… C'est lui qui les portait !

Le cerveau de Garin se mit à bouillonner. Ce n'était pas possible ! Pas possible ! Pourquoi le garde des foires aurait-il fait de fausses lettres, puisqu'il devait rembourser les victimes de l'escroquerie ?

Crédiou, il pouvait avoir une écriture correcte, mais

maladroite : il manquait d'entraînement, puisqu'il utilisait toujours les services d'un notaire !

Et c'est lui qui avait condamné Artus !

Plantant là ses amis, Garin s'avança. Maître Maquart l'avait laissé à Provins sous prétexte qu'il le soupçonnait… Pour l'empêcher de découvrir la vérité, oui !

Le garde des foires s'arrêta sur la place et indiqua à grand renfort de gestes l'endroit où chacun devait dresser son étal.

Garin continuait de marcher. Il n'avait pas la moindre idée de ce qu'il voulait faire. Il arrivait sur maître Maquart…

Il feignit de se prendre les pieds l'un dans l'autre et s'affala. Et il les vit, les estivaux de velours. D'aussi près qu'il les avait vus la première fois. C'étaient bien eux.

– Qu'est-ce que… ? s'étrangla le garde des foires en le reconnaissant. Qu'est-ce que tu fais là ? Je t'avais interdit de…

– C'est à cause de mes souliers que je suis tombé, coupa Garin. Ils sont éculés, je n'ai pas comme vous de beaux estivaux bien ajustés.

Maquart ne releva pas son insinuation.

– Je t'avais interdit de quitter Provins !

– C'était une question de vie ou de mort, messire. Il y avait de plus en plus de roses fleuries et je ne supporte pas leur parfum. La gorge me gonflait, je ne pouvais plus respirer. J'allais étouffer, la mort me guettait…

– Qu'est-ce encore que ces bouffonneries ?

– Plutôt que de rendre l'âme la bouche grande ouverte, j'ai préféré risquer votre colère.

– Oui ? Eh bien la mort va peut-être te rattraper quand même. Si je vois une seule fausse lettre ici, je te fais pendre.

Ahi ! Il en était capable. Et personne ne demanderait à épouser un malheureux scribe au pied du gibet !

Sans compter qu'il n'avait aucune envie de se marier si jeune. Il reprit :

– Je venais vous apporter encore deux livres pour le cheval…

Et il sortit ses économies et celles de Pétronille. Avec lenteur, pour se donner le temps de réfléchir.

Crédiou ! Auprès de qui accuser le garde des foires ? Personne, à Troyes, n'avait le souci de ces fausses lettres. Et puis, si maître Maquart était coupable, adieu la récompense !

– Pour vos fausses lettres de foire, s'informa-t-il, la récompense tient toujours ?

– Parce que tu imagines retrouver le faussaire ?

– On ne sait jamais, j'ai ma petite idée.

Et là, il serra les fesses. Mais le présumé coupable décréta :

– Je n'ai qu'une parole. Si tu me le trouves, tu as les deux cents livres. Et ma reconnaissance éternelle.

Ce serait surtout la reconnaissance qui ferait plaisir…

Non, franchement, il n'y comprenait rien. D'ailleurs Maquart n'avait jamais été barbu !

Les marchands commençaient à s'éparpiller dans le centre de la ville, et le chariot du cordonnier débouchait sur la place. Garin se précipita.

– Les estivaux de velours rouge, c'est pour le garde des foires que vous les avez fabriqués ?

– Ah oui, je m'en souviens, maintenant.

Tudiou ! Alors c'était bien ça !

– Je lui en ai même confectionné deux paires.

– Deux paires ?

– Il voulait en offrir une à quelqu'un. Ils te plaisent ? Je te fais les mêmes.

– Euh… Il faut que je voie la deuxième paire. À qui l'a-t-il donnée ?

– Je ne l'ai pas demandé. Mais ne t'inquiète pas, puisque j'en ai fait deux, je peux en faire une troisième sans problème.

– Je dois d'abord voir l'autre, insista Garin.

– Tu es vraiment un garçon compliqué, toi !

– Oui, c'est ce que disait aussi ma mère.

Par saint Garin, il fallait parler à maître Maquart. Il était le seul à savoir à qui il avait donné ces estivaux !

– Au Bourg-Neuf sont les maquignons
Et les sauniers et les charrons,
À l'église Saint-Nicolas
Du bon grain tu trouveras.

Garin rejoignit Artus.

– Et le garde des foires ? Tu sais où je peux le trouver ?

– À la place Saint-Jean-au-Marché,
Au poids et m'sures, il est logé.

La place Saint-Jean-au-Marché, c'était ici ! Le bureau des poids et mesures aussi. Mais nulle part de maître Maquart.

Garin accompagna Pétronille et Diablat jusqu'à l'écurie réservée au garde des foires... Il n'y était pas non plus.

Vers le soir, ils entendirent de la musique dans la grand-rue. Artus avait mis son costume de scène et revenait vers l'église Saint-Urbain en drainant derrière lui une foule de spectateurs. Puis il monta sur les tréteaux et annonça qu'il allait raconter l'histoire de Renart qui invite Ysengrin à la pêche sur l'étang gelé. Les cris de joie et les applaudissements crépitèrent.

Garin, lui, était pétrifié. Les estivaux de velours rouge, ils étaient aux pieds de l'Élégant !

32
Le faussaire

Garin passa une nuit atroce. Et, en plus, il couchait sous la scène : Artus la lui avait proposée comme abri. Un toit pour pas cher. Avec Pétronille, ils avaient juste dû dissuader quelques rats de goûter à leur pain.

Garin n'avait rien osé dire à l'Élégant. Et, pourtant, il aurait bien aimé comprendre pourquoi le garde des foires lui avait fait cadeau d'estivaux de velours.

Quel rapport y avait-il entre eux ?

Et Artus avait donc bel et bien écrit les fausses lettres… Dans quel pétrin il s'était fourré, celui-là !

Garin devait lui parler. Mais comment, sans avoir l'air de lui faire la leçon ?

Le pire, c'était ce malaise qui le minait. Il avait servi d'avocat à Artus, il avait répondu de lui, il avait eu confiance en lui…

Pétronille était déjà partie, il rampa à son tour hors des tréteaux.

Artus revenait justement avec un seau d'eau pour les mules. Trop tourmenté pour trouver un autre sujet de conversation, Garin attaqua :

– Pas mal, tes estivaux. Je ne les ai pas vus, à Provins.

– Héloïse me les a offerts juste avant de partir.

– Héloïse ? C’est elle qui les avait ?

– Tu es bizarre, toi, ce matin. Elle les a achetés à un fripier avec les deniers qu’elle a pu sauver de la rapacité du bourreau.

Quoi ?

– Ils sont presque neufs, s’étonna Garin, encore méfiant. Pourquoi ont-ils été revendus ?

– Ils avaient rétréci parce qu'ils avaient été mouillés, à ce qu'il paraît.

Mouillés, oui ! Par l'averse tombée pendant qu'il était sous l'étal du marchand de soie. Ça se tenait.

Intrigué, Artus demanda :

– Tu peux m'expliquer pourquoi ça t'intéresse à ce point ?

Garin en rit de soulagement.

– L'homme que j'ai vu donner la fausse lettre au marchand de soie les portait aux pieds.

– Et tu croyais que c'était moi ?

– J'espérais bien que non. Qui est leur ancien propriétaire ?

– Alors ça, on n'a pas pensé à le demander.

Quel guignon ! Cette fois, le garde des foires devait lui dire à qui il avait donné les estivaux.

Garin peigna ses cheveux à grands coups de doigts, tira sur sa chemise et boutonna sa cotte, puis il s'engagea dans la rue qui traversait la ville de part en part.

Pétronille revenait des écuries. À l'instant où il la rejoignait, des gamins qui se poursuivaient la bousculèrent, faisant tomber son foulard.

– C'est malin ! cria-t-elle en le ramassant.

Ses cheveux avaient un peu repoussé et… Garin la saisit vivement par le bras.

– Pétronille, à qui as-tu vendu tes cheveux ?

– Eh bien… à… Attends, je viens de le voir.

Elle regarda autour d'elle. Son acheteur était ici ? Il faisait partie du convoi ?

– Là-bas, finit-elle, celui qui entre dans le bâtiment des poids et mesures.

Crédiou ! Deux fois plus grand que lui, trois fois plus vieux… Le notaire de Maquart !

Suffoqué, Garin regarda Pétronille s'éloigner.

… Non, il se trompait encore. Le notaire avait une très belle écriture. Et puis il était assermenté.

Il traversa la place Saint-Jean-au-Marché et jeta un coup d'œil dans la pièce qui servait de loge au garde des foires. Elle contenait toutes sortes de balances et de poids. Le notaire était assis devant son chevalet. À la table à côté, il n'y avait personne. Et pas non plus le coffret contenant le fameux sceau.

– Maître Maquart n'est pas là ?

– Comme tu le vois, lâcha le notaire en sortant ses plumes. Dis-moi ce que tu lui veux, je transmettrai.

Euh… non… Ce n'était pas une bonne idée.

– Je veux lui remettre en mains propres les trois livres que je lui dois pour l'achat du cheval noir. Vous savez où il est ?

– Au palais des comtes de Champagne, répondit le notaire d'un ton cérémonieux, comme s'il portait sur ses épaules le respect des usages.

Encore un palais ? Ils en avaient partout, ces comtes ! Lui qui n'avait jamais possédé la moindre masure…

Garin repartit sans hâte. Il ne savait que faire. Il n'avait aucune envie de se retrouver avec la langue fendue en deux pour accusation mensongère. Sauf si ça permettait de dire deux choses en même temps.

Euh… Qu'est-ce qu'il était en train de raconter, encore ?

Tout en réfléchissant, il suivit la rue jusqu'au petit canal qu'on lui avait indiqué sous le nom de ru Cordé. Le palais était là, on ne pouvait pas le rater, avec ses deux élégantes tours et son majestueux escalier. Il n'avait rien d'une forteresse, ces comtes aimaient leur confort plus que leur sécurité. Ou bien ils vivaient en un bienheureux temps où il n'y avait pas de guerres. Mais ça, c'était autrefois...

Si Maquart était en réunion avec les maîtres de cette ville, il en avait sans doute pour un moment. Garin chercha un endroit pour l'attendre. Il avisa un morceau de tronc d'arbre fixé verticalement, s'assura que les traces brunes qui le marbraient étaient sèches et s'assit. Les passants lui jetaient de drôles de regards. Ça se voyait tant que ça, qu'il était tourmenté ?

Maître Maquart parut devant lui sans qu'il l'ait vu arriver.

– Que fais-tu assis sur le billot des condamnés ?

Ahi ! « Billot des condamnés » ! Garin se releva d'un bond. Ces taches brunes... Crédiou, c'était là qu'on coupait le poing aux criminels ! Il bredouilla :

– Euh... Je voulais vous parler, maître Maquart. Pour votre affaire de fausses lettres. À qui avez-vous donné des estivaux semblables aux vôtres ?

– Drôle de question. Enfin, si ça doit t'aider... Je les ai offerts à mon notaire.

Le scribe-enquêteur sentit la sueur lui couler dans le dos. Pourvu qu'il ne fasse pas fausse route ! Le garde des foires précisa :

– Je lui devais bien ça. Il assure plus que son simple travail, il veille chaque jour sur ma santé.

– Que fait-il pour votre santé ? s'inquiéta Garin.

– Je souffre de maux de ventre. Il cueille de la renouée pour mes tisanes.

– C'est lui qui s'occupe des tisanes ? Mais, maître Maquart, êtes-vous sûr qu'il n'y met que de la renouée ? Et si c'était au contraire cette tisane qui vous provoquait des coliques ?

– Que veux-tu dire ? Pourquoi ferait-il ça ?

– Pour vous éloigner de votre table. Quand vous êtes très pressé, vous y laissez parfois le sceau.

Le garde des foires sembla choqué.

– Mon notaire est digne de confiance. Cela fait des années…

– Qu'il vous suit de foire en foire. Il est donc présent partout où vous êtes. Et il connaît votre signature.

– Tu oublies l'écriture. Jamais il ne…

– Sauf s'il écrit de la main gauche.

Maître Maquart s'emporta :

– C'est très grave d'accuser ainsi !

– Je n'accuse pas, se reprit rapidement Garin, je soupçonne. (Il grimaça.) J'ai songé aussi que, si la lettre de foire du moine porte le nouveau sceau, c'est qu'on ne se sert pas d'une copie pour valider le document, mais de l'original.

Et il chuchota quelque chose à l'oreille de Maquart.

*

Maître Maquart rejoignit la place Saint-Jean-au-Marché, pénétra dans le bâtiment des poids et mesures et marcha vers le chevalet d'un air serein. Lui aussi aurait pu jouer la comédie sur les tréteaux.

Il s'arrêta devant le notaire et, lui prenant fermement le poignet, s'exclama :

– Qu'avez-vous fait, malheureux ?

L'autre le fixa d'un air sidéré puis, d'un coup sec, lui frappa l'avant-bras, se dégagea et, bousculant Garin qui entrait, fila en courant.

– Au larron ! hurla maître Maquart depuis le pas de la porte.

Mots magiques qui obligeaient chacun à poursuivre le voleur.

Il y eut aussitôt du mouvement dans la rue. Sans même savoir de quoi il était accusé, tout le monde courut derrière le malfaiteur.

Immobile dans l'embrasure de la porte, maître Maquart souffla, toujours stupéfait :

– Ça alors… Sans que j'aie porté la moindre accusation… Son attitude a signé ses aveux.

Eh eh, c'était une petite idée à la Garin, ça.

– Qui sont ses complices ? reprit soudain Maquart en regardant le scribe. Parce que les lettres ont toutes été remises par des hommes différents, non ?

– Pas besoin de complices. Il s'est fabriqué une fausse barbe avec les cheveux de Pétronille, il s'est voûté pour tromper le jongleur… Et, rappelez-vous, quand je l'ai remplacé pour cause de « maladie », on vous a apporté la lettre donnée par un balafré. S'il a été obligé de s'absenter, c'est que sa fausse cicatrice avait laissé des traces sur sa joue. Le vermillon, ça ne s'en va pas facilement.

Maquart le contemplait d'un air ahuri. Enfin, il ajouta :

– Et pour tromper le moine, il se serait teint en blond ?

– Je parie que c'est mon aventure avec la teinture jaune qui lui en a donné l'idée.

– Il est fichu, conclut maître Maquart. Tu as bien mérité ta récompense.

Il ouvrit son coffret et en sortit la bourse bleue avec laquelle Pétronille avait payé le premier versement pour Diablat. Comme il voulait compléter avec les trois livres qui y manquaient, Garin protesta :

– Gardez-les pour payer le solde du cheval.

– Dans ce cas, dit le garde des foires, cette bête appartient dorénavant à la jeune fille. Je vais signer un reçu.

Ils furent interrompus par un cri :

– Garin ! Garin ! (Pétronille accourait, affolée.) Diablat a disparu !

Crédiou, ce cheval avait vraiment un sort !

33

La surprise

À ce qu'avait compris Garin, le notaire avait sauté sur le dos de Diablat par surprise, alors que Pétronille le promenait par la longe, et le cheval fou avait filé dans un galop désordonné. Jusqu'à la porte Saint-Jacques, ce n'étaient que colère et étals renversés. Entravé par les obstacles, le cheval n'avait toujours pas réussi à éjecter le cavalier.

Garin et Pétronille se faufilèrent dans la foule en direction de la porte, la franchirent en courant à perdre haleine et débouchèrent sur le boulevard.

Ils n'eurent pas à aller plus loin. Diablat avait enfin désarçonné son cavalier entre la porte et la barbacane[1], et les gardes maintenaient l'homme à terre.

Le cheval, lui, avait poursuivi sa fuite et déjà franchi la rivière.

Au lieu de continuer à courir derrière lui Pétronille s'immobilisa. Blême, elle fixait Diablat qui, lui non plus, ne bougeait plus. Un homme richement vêtu le tenait par la bride. Et derrière lui se tenait messire Gilbert !

– Tu connais cet homme ? demanda Garin.

1. Rempart qui défend le boulevard.

Pétronille ne répondit pas. Elle semblait avoir du mal à respirer.

– C'est ton père, hein ?

De chaque côté de la rivière, les uns et les autres se dévisageaient sans un mot.

Son père…

Garin n'en était qu'à moitié étonné car, bien que Pétronille n'en ait rien su, le drapier l'avait vue un jour sur le dos du cheval. Par recoupements, il avait dû finir par comprendre qui elle était.

Pétronille commença à reculer.

– Réfléchis, souffla Garin. C'est peut-être le moment de régler votre différend, non ?

Elle demeura muette.

– Fuir sans fin n'est ni facile ni agréable, insista-t-il. Et souviens-toi que ce ne sera pas toujours l'été.

Elle réfléchit un instant avant de décréter :

– Alors tu viens avec moi.

Voyez, saint Garin, elle m'incite à la curiosité, je n'y suis pour rien !

En apercevant Pétronille, Diablat secoua la tête pour se dégager, sans que le père s'y oppose. Il s'avança vers elle et lui renifla amicalement les cheveux. Elle, lui passa les doigts dans la crinière et appuya sa tête contre la sienne. Le père les contemplait.

– Je suis heureux de te revoir, ma fille, dit-il enfin avec froideur.

Pétronille fixa le sol sans un mot. Crédiou, ils étaient aussi têtus l'un que l'autre ! Ça n'allait pas bien se passer, c'était couru d'avance. Garin était prêt à intervenir, quand messire Gilbert lui coupa l'herbe sous le pied :

– Ainsi, tu es cette fille élevée trop librement et qu'il sera impossible de marier.

Sa voix était moqueuse. Le visage de Pétronille se ferma plus encore. Il reprit :

– Remarque, je n'avais pas forcément raison. Tu as des qualités qui n'auraient pas pu s'épanouir si on t'avait contrainte. Tu es vaillante et courageuse…

Elle releva la tête, le considérant avec surprise. Il poursuivait :

– J'ai reproché à ton père de t'élever avec indulgence, de t'autoriser à réfléchir et à juger. Je crois que je confondais femme et servante. (Il sourit d'un air malin.) Tu n'obéiras sans doute jamais comme une servante mais, si ton mari était en danger, il pourrait compter sur toi pour le tirer d'affaire. Et, ça, c'est autrement important !

Le père, muet, examinait le visage de Pétronille. Enfin, il secoua longuement la tête et déclara :

– Cependant j'ai échoué. J'avais confiance en toi et tu as trahi cette confiance. Pas en t'enfuyant – cela, j'aurais pu te le pardonner – mais tu as volé deux cents livres à mon frère. Et là...

Il se tut, l'air malheureux et tourmenté. Garin s'immisça :

– Elle les a seulement empruntées, ces deux cents livres. Elle ne pouvait pas survivre sans rien, elle aurait été en terrible danger. Pour racheter Diablat, elle a vendu ses cheveux et beaucoup travaillé.

– Qui es-tu, toi ?

– Son cous... euh... Garin. Juste un scribe de passage. Je vous signale que l'argent de son oncle, elle n'y a presque pas touché. Il n'en manque que trois livres. Je le sais d'autant mieux que c'est moi qui le lui garde.

Il sortit de sa tunique la bourse bleue que maître Maquart venait de lui remettre.

– Garin, dit Pétronille en ouvrant des yeux ronds, comment as-tu...

D'un regard, il lui intima l'ordre de se taire et chuchota :

– C'est la récompense pour avoir trouvé le faussaire. Moins les trois livres qu'on devait encore.

– Qu'ON devait ? Cet argent est à t...

Garin la coupa en s'exclamant à voix haute :

– Je suis content de m'en débarrasser. (Il lui tendit la bourse.) Dans mon métier, avoir autant d'argent sur soi constitue un vrai danger.

Pétronille mit ses mains dans son dos.

– Il n'est pas question que je prenne cette b…

– Si, si, je t'assure, fit Garin comme s'il ne comprenait pas ce qu'elle voulait dire, c'est le bon moment pour te la rendre. Nos chemins vont se séparer. J'ai promis à Artus de monter avec lui l'histoire d'Aucassin et de Nicolette.

Il donna la bourse au père, qui la recueillit avec émotion.

– Excuse-moi, Pétronille, dit-il. Je ne savais pas que tu tenais autant à Diablat. Un père seul ne sait pas comment s'y prendre avec une jeune fille, et j'ai eu peur de t'avoir mal élevée, c'est pourquoi j'ai tenté de me montrer plus sévère. Je le regrette. Tu n'es pas une enfant très soumise, mais c'est comme ça que je t'aime. Et, depuis que tu es partie, il n'y a plus la moindre gaieté à la maison.

Il lui tendit les bras et elle se précipita contre lui.

Garin et messire Gilbert se regardèrent avec amusement.

– En rentrant chez moi, commenta enfin le drapier, j'irai rechercher ma femme et je lui demanderai ce qui lui ferait plaisir. J'organiserai une fête comme elle les aime, convoquerai plâtriers et maçons, couvreurs et charpentiers pour construire la maison dont elle rêve.

– Ça ressemble à une chanson d'Artus, s'exclama Garin en riant. Bon, je vais devoir vous quitter, le travail m'attend. Et pas seulement Artus, il y a aussi le garde des foires : je ne peux pas le laisser tomber, il n'a plus de notaire.

– Attends, l'arrêta Pétronille. Je te dois de l'argent, tu t'en souviens ?

Et là, c'est elle qui, du regard, lui intima l'ordre de se taire.

– Je peux ? demanda-t-elle à son père.

Il hocha la tête. Elle fouilla dans la bourse et tendit à Garin deux écus d'or.

– Tu t'achèteras de bonnes chaussures, une tenue de rechange, un manteau et un chapeau. Parce que ce ne sera pas toujours l'été, tête de mule !

Puis elle lui posa un baiser sur la joue, s'accrocha à la crinière de Diablat et bondit en selle.

Le cheval dansa sur place d'un air heureux. Garin ne put s'empêcher de sourire. Sacrée Pétronille !

Elle ajouta :

– Salue Artus de ma part, et Héloïse aussi. Tu penseras à moi, de temps en temps ?

– Je ne risque pas de t'oublier. Je me demande même si, dorénavant, je ne vais pas appeler mes embêtements des « pétronillades ».

Il salua en riant et fit demi-tour.

– Quel mal embouché, celui-là ! râla Pétronille.

– Oui ? s'étonna son père. Tu sembles pourtant bien l'aimer.

– C'est un insolent ! (Pétronille se redressa sur ses étriers.) Garin !

Il se retourna.

– Tu as été un cousin formidable !

Hum… Interpeller ainsi un beau damoiseau n'était sûrement pas très convenable pour une jeune fille de la bonne société.

En riant, Garin tourna le dos et, agitant le bras en signe d'adieu, rentra en ville. La vie lui sembla soudain bien tranquille. Un peu trop, peut-être. Reverrait-il un jour Pétronille ?

TABLE DES MATIÈRES

Petit lexique de Garin

Les vêtements

braies : chez les Gaulois, c'était une sorte de pantalon. À l'époque de Garin, elles étaient plus larges, plus courtes et servaient de sous-vêtements, une sorte de caleçon. Elles étaient plus ou moins longues et larges selon qu'on les portait seules ou avec des chausses.
chausses : genre de bas qu'on enfilait par-dessus les braies et qu'on fixait à la ceinture par des lacets. Au fil du temps, elles montèrent jusqu'à la taille, ressemblant à nos collants. Sur certaines, on cousait des semelles, ce qui évitait de mettre des chaussures (surtout à l'intérieur des maisons).
cotte : tunique longue qu'on portait sur la chemise.
doublet : gilet sans manches.
pourpoint : sorte de veste courte rembourrée, très ajustée.
surcot : vêtement de dessus qui descendait auparavant jusqu'aux pieds. Au milieu du XIVe siècle – l'époque de Garin – il raccourcit et ressemble davantage à une veste ou à une tunique. Les chevaliers portaient aussi un surcot par-dessus leur armure pour empêcher le métal de briller.

L'écritoire

C'est une boîte dans laquelle on rassemble le matériel d'écriture. Celle de Garin contient :

• une lame pour gratter les parchemins
• un scalpel à tailler les plumes
• un poinçon pour percer le cuir
• un pain de cire à cacheter : on chauffait la cire et on en faisait couler un peu sur le message roulé ou plié, pour le cacheter. Comme signature, on pouvait imprimer son sceau dans la cire encore chaude
• un sablier, le sable servant à sécher l'encre
• une corne à encre, souvent une corne de vache munie d'un bouchon
• une tablette de cire : tablette en bois garnie d'une couche de cire sur laquelle on gravait avec un style
• un style : tige métallique pointue d'un côté (pour écrire dans la cire), plate de l'autre (pour « effacer » en lissant la cire)
• du parchemin : peau d'animal préparée pour qu'on puisse y écrire. Au temps de Garin, on connaissait déjà le papier, mais il n'était pas de bonne qualité et on ne pouvait rien lui confier d'important

L'époque de Garin

On est en pleine guerre dite « de Cent Ans » contre l'Angleterre.

Le roi de France, Jean le Bon, est prisonnier des Anglais depuis la bataille de Poitiers, en 1356. En attendant sa libération, son fils Charles gouverne à sa place.

Les foires

Les foires de Champagne étaient très courues aux XIIe et XIIIe siècles. On y venait de partout. Instituées par les comtes de Champagne, elles étaient six à se succéder tout au long de l'année : Lagny, Bar-sur-Aube, Provins (une au printemps, une au début de l'automne) et Troyes (une en été, une en automne). Mais en 1284, Jeanne, dernière héritière des comtes, épousa le roi Philippe le Bel, et la Champagne fut rattachée à la France. Le roi de France préféra favoriser une foire qui se tenait près de chez lui, à Paris (celle du Lendit, à Saint-Denis), et les foires de Champagne déclinèrent.

À l'époque de Garin, la guerre de Cent Ans leur porte un dernier coup : il devient difficile de se déplacer, les routes sont peu sûres. D'internationales, ces foires deviennent nationales, puis régionales.

Les chevaux

Ils ont une grande importance. En effet, en ces temps sans automobile, sans bicyclette, sans tracteur, ils sont le seul moyen de locomotion et – avec les bœufs – de traction.

Pour les animaux destinés à tirer charrues ou charrettes, on privilégie évidemment la force. En revanche, pour les chevaux de selle, on recherche la beauté et – pour les longs trajets – la régularité et la douceur de l'allure.

Les unis blancs et noirs sont les préférés, suivis des couleurs comportant beaucoup de blanc. Puis viennent les gris, les pommelés, les bais, les fauves…

Il existe de grands haras où l'on effectue des croisements entre les races pour obtenir des qualités précises.

L'éducation des filles

Le manuel de Gilbert de la Pisserote est inspiré du *Mesnagier de Paris*, écrit par un bourgeois à la fin du XIVe siècle. Le plus amusant est que ce bourgeois donne ces conseils à sa femme (beaucoup plus jeune que lui), pour qu'elle sache se comporter avec un autre mari après son décès. Il ne lui demande pas d'agir ainsi avec lui.

La justice

Comme le dit Garin, « ça ne rigole pas ». Les peines auxquelles il est fait allusion sont puisées dans l'histoire de différentes villes.

Les teinturiers

Leur profession est très réglementée. Ils n'ont droit qu'à certaines couleurs. Ils teignent le drap et la toile, mais le traitement de la soie est réservé aux merciers et celui des chapeaux aux chapeliers.

Le théâtre

La Farce du tourneur de tournois imaginée par Artus s'inspire d'une longue tradition qui donnera au siècle suivant *La Farce du cuvier* (dans laquelle, à l'inverse, c'est la femme qui dicte à son mari ce qu'il doit faire).

ÉVELYNE BRISOU-PELLEN

L'AUTEUR

Évelyne Brisou-Pellen est née en Bretagne et, hormis un petit détour par le Maroc, elle y a passé le plus clair de son existence. Ses études de lettres auraient dû la mener à une carrière de professeur mais, finalement, elle préfère se raconter des histoires, imaginer la vie qui aurait pu être la sienne si elle avait vécu en d'autres temps, sous d'autres cieux. Ainsi elle a pu se faire capturer par un clan mongol, fuir avec un Cosaque, chercher fortune à Haïti, au Sahara, au Japon. Se trouver nez à nez avec les fantômes d'Écosse, se faire menacer par les flammes, être prise dans les tourmentes de la Terreur, faire ses études dans un collège maudit… Avec Garin, elle est prisonnière dans un château, encerclée par les loups, menacée par une terrible épidémie, soupçonnée de vol par les moines. Elle risque sa vie avec les pèlerins, vient à l'aide d'un chevalier, tente de sauver le pape…

Évelyne Brisou-Pellen a publié dans la collection Folio Junior : *Le Défi des druides*, *Le Fantôme de maître Guillemin*, *Le Mystère Éléonor*, *Les Disparus de la malle-poste* et les aventures de Garin Troussebœuf : *L'Inconnu du donjon - L'Hiver des loups - L'Anneau du Prince Noir - Le Souffle de la salamandre - Le Secret de l'homme en bleu - L'Herbe du diable - Le Chevalier de Haute-Terre - Le Crâne percé d'un trou - Les Pèlerins maudits - Les Sorciers de la ville close.*
Évelyne Brisou-Pellen a également publié, dans la collection Hors-piste, *De l'autre côté du ciel.*

NICOLAS WINTZ
L'ILLUSTRATEUR

Nicolas Wintz est né en 1959 à Strasbourg. Il illustre depuis 1981 des livres documentaires, historiques ou de fiction. Il a réalisé plusieurs albums de B.D. et travaillé pour le dessin animé et la presse.
Aux éditions Gallimard Jeunesse, il a illustré toute la série des aventures de Garin Troussebœuf, d'Évelyne Brisou-Pellen, dans la collection Folio Junior.

Lisez les autres livres d'Évelyne Brisou-Pellen
déjà parus dans la collection FOLIO **JUNIOR**

Le Défi des druides
n° 718

Sencha, l'apprenti druide, revient en Armorique après une longue initiation dans l'île de Bretagne. Mais la fatalité s'est abattue sur le peuple celte, envahi par les troupes de Jules César. Pour venger les siens, pour sauvegarder le pouvoir des druides, Sencha décide de lutter contre l'envahisseur romain. Le torque d'or qu'il porte autour du cou, précieux talisman et symbole de l'ancienneté de son clan, lui apportera-t-il la force nécessaire à l'accomplissement de sa mission ?

Le Fantôme de maître Guillemin
n° 770

Pour Martin, l'année 1481 va être une année terrible. Il n'a que douze ans et vient d'arriver à l'université de Nantes. Au collège Saint-Jean où il est hébergé règne une atmosphère étrange. On raconte que le mystérieux fantôme de maître Guillemin hante les lieux. Certains étudiants ne sont pas tendres avec lui. Un soir, il est même jeté dans l'escalier par deux d'entre eux. Mais le lendemain, on retrouve l'un de ces étudiants assassiné…

LE MYSTÈRE ÉLÉONOR
n° 962

N'ayant plus aucune famille, Catherine décide de revenir à Rennes dans son ancienne maison. Un terrible incendie embrase la ville. Cernée par les flammes, blessée, elle perd connaissance… Éléonor se réveille dans un monde inconnu. On lui affirme qu'elle a dix-sept ans, qu'on est en 1721, et qu'elle a fait une chute de cheval. Elle ne se souvient de rien. Aurait-elle perdu la raison ? Qui est ce mystérieux tuteur, dont les visites l'effraient tellement ?

LES DISPARUS DE LA MALLE-POSTE
n° 1161

1794, messidor, an II de la République. La malle-poste arrive avec trois heures de retard au relais de Tue-Loup… vide ! Le maître de poste découvre que la malle contenait du courrier relatif aux mouvements des troupes françaises à la frontière. Stan, son neveu, rapporte les passeports des voyageurs couverts de sang et paraît moins s'intéresser aux lettres qu'aux passagers, car parmi eux figure une certaine Hélène. Il faut qu'il la retrouve, même s'il doit lui en coûter la vie.

Les aventures de Garin Troussebœuf

L'Inconnu du donjon
n° 809

Les routes sont peu sûres en cette année 1354, et voilà Garin pris dans une bagarre entre Français et Anglais, et enfermé au château de Montmuran. Il y a avec lui un drôle de prisonnier, un homme dont personne ne connaît le nom. Garin découvre son identité. Hélas, cela ne va lui causer que des ennuis... surtout lorsqu'on s'aperçoit que le prisonnier s'est mystérieusement volatilisé.

L'Hiver des loups
n° 877

Poursuivi par les loups qui pullulent en cet hiver très rigoureux, Garin trouve refuge dans une maison isolée où vit Jordane, seule avec ses deux petites sœurs. Qui est-elle ? Garin se rend compte que les villageois en ont peur, presque autant que des loups qui les encerclent. Mais il découvre bientôt que, dans ce village retiré de Bretagne, bien des gens ont intérêt à voir la jeune fille disparaître. Malgré les conseils de prudence, il prend pension dans la maison solitaire. Il ne peut pas savoir que, du haut de la colline, des yeux épient...

L'Anneau du Prince Noir
n° 1314

Garin descend dans le Sud pour avoir plus chaud. Ah ça oui, il va avoir chaud ! De Toulouse à Carcassonne et même jusqu'à Narbonne, les villages sont en feu. Mais il s'est donné une mission, et il l'accomplira ! Malgré le danger. Malgré ce mystérieux Prince Noir dont on commence à murmurer le nom…

Le Souffle de la salamandre
n° 1369

Automne 1355. À Albi, Garin apprend qu'un étudiant vient d'être assassiné. Comme il le connaissait, il se rend à Cordes pour retrouver Sébelie, dont l'étudiant était amoureux et lui annoncer la nouvelle de sa mort. Seulement, voilà : elle aussi a disparu, apparemment enlevée par l'étudiant en question. C'est à n'y rien comprendre. Et si c'était la seule chose bizarre, dans cette ville ! Garin va de surprise en surprise… Il découvre que des habitants de Cordes pratiquent l'alchimie et que la disparition de la jeune fille serait liée au secret de la fabrication de l'or...

Le Secret de l'homme en bleu
n° 1269

Au bord de la lagune, Garin rencontre un homme mystérieux, tout habillé de bleu, et qui voyage avec sa fille de six ans, Lucia. Visiblement, l'homme ment sur son nom et sur les raisons qui l'amènent à Venise. Pourquoi tant de précautions ? Que craint-il donc ? Et surtout, d'où lui vient cette passion pour la couleur bleue ? Il n'en faut pas plus pour intriguer Garin…

L'Herbe du diable
n° 1216

Garin croise un homme mourant qui lui confie une boîte à faire parvenir à Avignon au pape en personne !…

Le Chevalier de Haute-Terre
n° 1137

Garin a été engagé par le chevalier de Haute-Terre pour rédiger ses chroniques. Il est alors entraîné dans des aventures incroyables : il manque de se faire piétiner par des cochons à Rennes, percer de flèches à Rochefort, assassiner à Suscinio. Suivre un chevalier n'est pas de tout repos, d'autant que l'homme est à moitié fou. Mais Garin peut-il l'abandonner ? Le jeune scribe a promis de l'aider à retrouver son fils, retenu prisonnier…

Le Crâne percé d'un trou
n° 929

La bourse vide, Garin se rend au Mont-Saint-Michel. Le lendemain de son arrivée, une relique, le précieux crâne de saint Aubert, est volée. Le monastère est sens dessus dessous… Sans compter que frère Robert n'est jamais là où il faut et qu'il a égaré des documents qui vont se révéler fort importants. Le vieux moine disparaît et, quand on le retrouve, stupeur ! Est-il possible que le crâne de saint Aubert se soit vengé de si terrible façon ?

Les Pèlerins maudits
n° 1003

Entre Tours et Poitiers, Garin, le jeune scribe est attaqué par des brigands et ne leur échappe que grâce à son imagination. Aussi, lorsqu'il croise un groupe de pèlerins en route pour Saint-Jacques-de-Compostelle, il se joint à eux sans hésiter. Pourtant, l'un d'eux vient de mourir dans d'étranges circonstances. Et le lendemain, un autre est trouvé mort avec, planté dans le cœur, le poinçon de Garin. Pourquoi ces mises en scène ? Et qui sera la prochaine victime ?

LES SORCIERS DE LA VILLE CLOSE

n° 1075

Derrière les remparts de la ville close, une étrange maladie fait des ravages. Dans la boutique de l'apothicaire, il se passe des choses bizarres. Riwal ment, Nicole ne se contente pas de laver le linge, Hervé fait de drôles de mélanges, le passeur envoie des billets inquiétants… tandis que la mort continue à frapper. Et s'il ne s'agissait pas d'une épidémie ordinaire ?

Maquette : Karine Benoit

Loi n° 49-956 du 16 juillet 1949
sur les publications destinées à la jeunesse
ISBN 2-07-057762-7
Numéro d'édition : 152182
Premier Dépôt légal : novembre 2006
Dépôt légal : juin 2007
Imprimé en Espagne par Novoprint (Barcelone)